文治
© wénzhi books

入殓师

[日] 青木新门 著

左汉卿 译

北京联合出版公司

第一章 雪雨时节

今晨一早，就看见立山上已有落雪。

一股透骨的寒气在我的全身游走。从今天起，我就要开始汤灌和纳棺的工作。

答应接下这个活儿后，我犹豫了两三日，但既然应承了人家，也不好反悔。我咬咬牙决定硬着头皮干吧。

所谓"汤灌"，是指清洗尸体。可不是真的伺候死者沐浴，而是用酒精把尸体擦拭一遍，再穿上叫"佛衣"的白色寿衣，为之梳头整理遗容，把两手摆放在胸前，并在手上戴上数珠，等等。"纳棺"则是指将"汤灌"之后的尸体装殓。

我第一单生意的对象，是一个七旬老人的尸体。我时运不济，老人是个大块头。他生前是个木匠，喝了酒后，从酒馆骑自行车回家，在路上摔倒了，头撞在路边排水沟的沿儿上，因而死亡。

我入这行以来，一直只看别人干这些汤灌、纳棺的活儿，虽说见识了不少，但亲手来做却难得要领，全身较劲，满身大汗。尸体的胳膊大都僵硬，很难顺利地穿上寿衣。系腰带时，我如果不像拥抱一般紧紧搂着尸体，根本无法完成。

我干这些活儿的时候，死者的二三十个亲戚朋友都屏气敛声地观看。

我一开始对死还抱有些许恐惧和厌恶，渐渐地，这些情感消失殆尽，随之而来的是焦急和极度紧张，最后则不管三七二十一捣鼓一番地干完。

尽管如此，在我即将离开的时候，虽然守夜的诵经已经开始，但丧主还是亲自送我到大门口，跪坐下来双手触地，朝我深深施礼，诚恳道谢，这情景让我觉得有些奇妙。

回到家，我打开热水器，放水洗澡，妻子对我的举动满脸惊讶。

Pagoda and Mt. Fuji, 1940
浅野竹二

在这一带，直到今天，为死者清洗身体、装殓盖棺的，一般是死者的叔伯兄弟或外甥侄儿等男性亲属。

他们一般有两三人，在村镇的老人或殡仪馆的人的指导下，极不情愿地做着这些。

他们在装殓之前，要进行特别的穿戴打扮，比如把用旧了的围裙翻个面穿上，用粗麻绳束在袖子或腰上，等等。等到一阵忙乱后终于要干活儿了，却又用大碗猛喝酒，胡乱地大声起哄，根本就不想开工。当然，这也跟"内行"指导者太多、不停地下达指令有关。

我想，所谓"汤灌"，就是为了让长期卧病后死去的人，以干净的身体上路才兴起的一种用热水为死者擦洗身体的习俗。现在很多人死在医院，所以改用酒精为死者擦拭身体。而在这个地区，如果有人在家里死去，就还沿用过去的习俗，用在凉水里掺上热水的"阴阳水"为死者擦拭身体。

一来是乱发指令的人多,二来是并非心甘情愿干这活儿,那些喝酒壮胆压抑恶心的外行,总是手忙脚乱。他们为换衣服而把尸体剥个精光,或者把尸体扶起躺下来回折腾,使得血水从死尸的口鼻流出,其状不忍多看。众多不得不面对这些的亲属,既为死者哀叹,又嫌恶死尸、恐惧死亡……各种感情掺杂交错,反而越发亢奋。

今天倒轮到我不知所措了。我万万没有想到,竟然还有地方使用"坐棺"给死者装殓下葬。

这里是富山市郊外的一个小村庄,说是四五年都没死过人了。虽然市里已经建成了供全市使用的新火葬场,但是这个村子的人坚持沿用专为焚烧坐棺而建的设备,为死者举行火葬。

我顺利地为尸体清洗并穿上寿衣,但是纳入坐棺时,却必须折叠尸体。我一时不知该如何是好。

正当我手足无措时,一位像是村中长老的人走过来,问我是不是第一次遇到把尸体纳入坐棺的情形,并主动帮我。

他拿来了带子、绳索和白布,说是要用这些把尸体的腿折过来,再和上身捆绑在一起。硬邦邦的尸体很难弯折,可是不把尸体嘎嘣嘎嘣地折叠起来,根本就放不进坐棺。

好不容易折弯绑好了,却见这位长老拿起剩余的白布,把老太太的遗体一圈圈地缠了个结结实实。

据说这样缠绕捆绑是为了把死者的灵魂封锁在身体内。

我想起刚来的时候,看见他们在横躺的遗体胸前放了一把守护剑，据说是为了防止恶灵侵入死者的身体。

这些仪式令人感到莫名其妙。总之，在殡葬仪式上总是会遇到很多不明就里的事情。

那次坐棺装殓之后，好一阵子没有接到活儿，但最近活儿突然多了起来。

公司接活儿的人开始时对预约的人说："装殓的事情就请交给我们公司吧，我们有在这方面特别出色的人。"

但是今天却忙不过来了，因为有三个地方同时预约。等我赶到第三家时，已经将近晚上十点。

走进夜色笼罩下的村子，我一眼就认出了遭遇不幸的人家。夜幕下亮着刺眼灯光的那户，就是我要找的苦主。

那家门前的农用车道上站着五六个人，我刚一走近，他们就冲我嚷嚷。原来守夜仪式被迫推迟了两个小时，诵经的僧侣为此苦等了三个小时，他们积压在心头的怒气可想而知。公司派来布置灵堂的同事被押作人质。

我赶紧在榻榻米上屈膝跪坐，叩头谢罪，然后马上进行纳棺。等一切安排妥当，诵经声响起时，所有人都松了口气。

后来从那位"人质"同事那里了解到,那些前来诵经的僧侣等得不耐烦起来,提议说,干吗不让亲属自行动手纳棺。在场的家属亲友面面相觑,惶恐后退,并反复解释,已经请了"入殓师",很快就会到场,以此搪塞。

我就是这么开始被称作"入殓师"的。

回到家,我翻查字典,并没找到"入殓师"一词。

自从立山落雪以来,北陆地区迎来了冬季。艳阳高照的晴天和淅淅落雨的日子交替反复,每两三天一个周期,今天就是个雨天。

也许是因为下雨,天黑得格外早。

落下的雨也是一场比一场冷。

就在这么一个夜幕低垂、飘着冰冷雨滴的傍晚,一个十多年没见面的远房叔父突然登门造访。一开大门看到叔父那张脸,我就知道来者不善,马上把他带到附近的饮茶店去谈。

果然不出所料,他质问我:"为什么偏偏干这一行?!"

我干这一行还不到十天,就连妻子和朋友都不知情,怎么一个远房的叔父却知道了呢?想必是哪一次在丧主家工作时,碰巧我家的亲戚也去吊唁了,因而认出我并张扬开去。

叔父一开始只说有好工作介绍给我,但是没说几句,话头就转了,说什么我们家族可是几代以来都很体面,责问我这直系本家的长子，竟干起入殓师的工作，成何体统？！还说我们家族出过很多教师、警察等国家公职人员，在社会上有名声、有地位的人也很多，说我是家族的耻辱，等等。

最后放出话来，如果我不辞去现在的工作，就和我断绝关系。

我只好答应会考虑考虑怎样辞去这份工作，才打发他离开了，但我心中却开始赌气。

其实他根本没有必要跑来提醒我，我知道亲戚都在从事什么工作。从我刚刚懂事起，就背负着长子的重担，我早已不堪重负，一次又一次跌落失败与绝望的深渊。更令我气愤的是他还扬言要和我断绝关系。其实我们之间早就没有来往了。

我还想说，那些当医生、护士的人，甚至警察中的法医鉴定人员，不是比入殓师更频繁而彻底地接触尸体吗？

然而冷静下来想想，叔父的反应背后还有个社会成见的问题。殡仪馆的社会地位很低，从事纳棺或操作焚尸炉之类工作的人，难免会被人们嫌恶，就像人们对死和死尸抱有嫌恶之情一样。

看来，我入了犯忌讳的一行。想到这些，我不由得心生不安。

然而，当叔父问我为什么会干这一行时，我回答不上来。事实上，我自己也不清楚为什么就从事了这项工作。我只知道这么做并非出于自己的意愿。

如今回想一下，冥冥之中有股力量在引导我走向这一行。

我四岁时，被母亲带着远渡重洋去了中国东北。战争结束时，我才八岁。

在当地出生的弟弟和妹妹等不到撤退，相继去世。母亲当时因染上斑疹伤寒而奄奄一息。我记得是和一个不认识的阿姨一起，把妹妹和弟弟的尸体火化。那情形至今仍历历在目。

昭和二十一年（1946年）十月，母亲奇迹般康复，和我一起回到日本。父亲却被调往西伯利亚，从此音讯全无。

当我们回到位于富山县的黑部河冲积地、我出生的旧居时，偌大一栋房子就只住着祖父和祖母两个人。

村子由五十余户散居在广阔的水田间的人家组成，村中一大半人姓同一个姓，而我家是这个姓氏的直系本家。我家祖孙几代好像都是地主，以往殷实的生活境况，由于"农地改革"而从根本上动摇、瓦解了。

后来不得不靠变卖祖上留下的家产度日，我的祖父母却仍不肯靠劳动赚钱，两个人即使吃了上顿没下顿，也要死撑面子装出优雅富足的样子。

我母亲原本就和祖父不和，为此才去了中国，因此回国后没过多久就搬出去独住，在富山市的黑市上找到了工作。

我就在自家的大宅中度过了少年时期。等到我上大学时，祖父卖掉了最后一间仓库和一部分家屋，为我凑够了学费，这也意味着我那延续了二十八代的家族从此彻底没落。

我进入大学，正是一九六〇年反《日美安保条约》的运动狂潮席卷大学校园的时期，每天都休讲停课。我终日感到莫名的愤怒，不知不觉加入了游行示威的行列。

反对安保条约的斗争结束后，我无所事事。这时接到了母亲病危的电报，于是赶回了富山。实际上，母亲是盲肠炎误诊，很快就治愈了。我却在帮母亲打理小酒馆期间定居了下来，再也没返回大学校园。

后来，我自己开了一家酒吧式咖啡馆。当时喜欢写点诗，我的店就成了诗人和画家聚集的场所。

我身为经营者，却经常请客，陪客人畅饮。当时在我们那种小地方，店里这种特别的气氛还挺吸引客人，生意相当红火。

有一天，作家吉村昭先生不期然地出现在我的小店里。我们隔着吧台，是酒保和顾客的关系，但我对他说，我在写诗。他问："你写小说吗？如果你写了短篇小说之类的东西，就寄来看看吧。"说完就走了。

这件事就此没了下文。终日沉溺于酒色的生活使我渐渐应付不过来。与诗人画家的交往当然写意，酒馆的经营却日趋艰难。我原本就没什么生意头脑，加上总这么交游玩乐，酒馆出问题理所当然。

一天，我突然想起了吉村昭先生的话，试着写了一部短篇小说。小说写的是祖父在战后没有任何收入的情况下，还在自家庭院里悠然自得地侍弄柿子树的情形。

我把文稿交给了吉村先生,他说可以登在《文学者》上。后来果真有一本《文学者》杂志送到我手里,里面刊有那篇题为《柿之炎》的小说。随书送来的还有一张便条,邀请我出席此期杂志的合评会。

一直到参加合评会之前,我都不知道《文学者》是丹羽文雄先生主办、聚集了一群著名文人学士的同人杂志。合评会结束后,我跟吉村先生到新宿的酒吧喝酒,后来还厚着脸皮住到了他家。

第二天早晨,我一醒来,看到吉村先生的夫人、芥川奖得主津村节子女士为我做好了早餐,心中无比惶恐。就是在那天早餐的饭桌上,夫妻二人鼓励我:"你有写小说的才华,继续创作吧。"

就因为这句话,我像一只乡下的猪爬到树上一般得意①,把酒吧的经营抛诸脑后,终日对着稿纸爬起格子来。

就算我当时不这样,酒吧的生意也早已一落千丈,没多久就倒闭了,留下沉重的债务。然而即使破产了,我这只爬到树上的猪仍执着地埋首写作。

就在我处于破产的手忙脚乱、花光了平时积攒的私房钱期间,妻子生下了我们的第一个儿子。我们穷得连给孩子买奶粉的钱都没有。我安慰妻子,等卖了小说版权,想给儿子买多少

---

① 日本谚语"猪受吹捧也会爬树",意思是被吹捧之后不知天高地厚。——译者注

奶粉就买多少。但自己心里清楚，这话靠不住。

终于有一天，我们夫妻之间爆发了一场激烈的争吵，妻子哭喊着把一张报纸摔到我脸上。我的视线停留在报纸的招聘广告栏上，里面一则"冠婚葬祭互助会招募职员"的广告引起了我的注意。

虽然不知道那工作具体做什么，但我还是去面试了。一打开大门，就看见入口处堆放了不少棺材。心想这是什么鬼地方，但再想想自己不过是为了打份工，赚点奶粉钱，就下定决心走了进去。

Evening Snow at Terashima Village，1920
川瀬巳水

早晨上班的时候，我抬头望立山，头戴银白雪冠的立山美轮美奂。

今天没有纳棺的工作，我决定去火葬场。他们早就让我找时间过去一趟。火葬场建在富山市的最南边。

我从市中心开车过去，透过车前风挡玻璃能看到连绵的立山山峰。我开了足足三十分钟，来到了人迹罕至的目的地。

我被领到火葬场十座焚尸炉后面，这地方一般闲人免进。三四个工人正在准备收工，看来今天的活儿差不多干完了。

正当我四处打量时，一个戴着黑框圆眼镜的人突然出现，把托盘里的茶杯放在落了一层薄薄灰烬的桌子上，示意我坐下。他和另一个矮胖的小个子男人，分别在我的两旁落座，像是特意把我夹在中间。两个人都皮笑肉不笑地看着我。

他们找我来是因为最近送来的棺材里总有一些奇怪的东西，给他们添了很多麻烦，而他们认为乱放东西的人是我。他们不怀好意地逼近，威胁道，不准听死者家属的话，往棺材里放死者生前心爱的东西，给他们找麻烦。

我试着反驳他们，全市那么多灵柩都往这里送，怎么就认定是经我之手纳棺的灵柩呢？然而他们只是一个劲儿地坏笑，根本不听我辩解。那意思好像是，送来的每一副棺柩，来自哪家殡仪馆、由哪个人装殓，他们都看得出来。

他们问我："昨天那个橄榄球就是你放进棺材里的吧？"这下我想起来了。的确，前天我为一个死者装殓，此人曾长期担任学校橄榄球队的教练，纳棺时，来吊唁的学生问可不可以把橄榄球放进去，我允许了。

这时那个矮胖的小个子男人指着同伴对我说，这个人的右眼是假眼。以前使用老式焚尸炉的时候，要通过窥视孔观察炉里的情形，有一次他把眼睛贴在孔上观望，什么东西爆炸了，玻璃碎片飞出来，扎瞎了他的眼睛。

从前棺柩运到火葬场后，亲属在大厅里告别，棺柩则被移到里边，检查之后送进焚尸炉焚烧。后来有人在报上披露，说火葬场的工作人员给死者搜身，偷走了遗体穿戴的一些东西。从那之后，检查环节就改在大厅里——在大厅的一侧当着送葬亲属的面把遗体推进炉子。

两个人越说越兴奋，最后竟然自顾自地倾诉起来。说从事这种工作的人，总是被人欺负，其实是人们戴着有色眼镜看他们，才编出尸体原本的金牙、戴着的戒指不见了之类的谎话。

这两位口沫飞溅，兴奋不已。他们还说，那些人根本就不懂，现在使用的内燃式焚烧炉，什么金牙、金戒指的，一进去都会化为一股青烟，消失得无影无踪了（其实温度没有达到升华的条件）。

我不知道他们冲我说这么多，是发牢骚，还是教训我。总之，一开始我就不明白他们的目的。

听来听去，他们要讲的不外乎以下内容：干这一行很不容易，有着世人难以想象的辛苦，身份上是市政公务员，但徒有其名，人们把干这一行的人看得很低贱，私下里称其为"咬尸虫"或"焚尸佬"。他们被世人这样作践，收入却微薄得可怜，等等。

他们特别想强调的是，最近两三年，死者家属的谢礼都是不多不少的一定数目，没有增加，原因就在于殡仪馆。所谓谢礼是遗族们表示感谢的"心意"，心意怎么能事先规定好数目！都怪殡仪馆给死者家属提了参考数额，变相定了上限。

他们唠叨个没完，我忍不住打岔反驳：

"光那些谢礼，就比你们的工资高得多吧？"

"笨蛋！你懂什么？！我们以前是五个人，现在多了一个人，可收到的谢礼却一分也没增加！"

我刚一开口就被骂为"笨蛋"，对话当然无法继续下去。他们东拉西扯了半天，还是扯到钱上来。

"你既然干入殓师这行，想必心知肚明。如果没有钱，谁会干这行？你也捞了不少吧？"

他们盯着我，直直地逼问，仿佛已将我看透。

我向他们保证今后一定不往棺材里放危险物品，才得以脱身。

走出火葬场灰暗的建筑群，我抬头望向傍晚的晴空，晚霞燃烧得无比美丽。

我像被冥冥中的什么力量引诱，顺着火葬场后门常愿寺川的河堤大道一路缓行。从河堤大道上，能够放眼望见奔腾的常愿寺川冲刷出来的扇形的富山平原。

晚秋的夕阳即将沉落于远方逶迤的吴羽丘陵后，晚霞淡淡的余晖把整个天宇映照得透明无比。

东方头顶银白雪冠的北阿尔卑斯山在天际画出一道红色的轮廓。我一边欣赏这壮阔的风景，一边沿着河岸行驶，无意中发现一只红蜻蜓，在车前风挡玻璃外低飞。我仔细一看，对面河床茂密的胡颓子丛中，成千上万只红蜻蜓朝着平原的方向飞去。其中至少有三分之一，一路交尾，一路飞翔。

这些蜻蜓每年都飞往弥陀原度过夏天，现在又一起飞了回来。它们的身体由原来的暗褐色变成鲜红色，在晚霞绚丽似锦的晴空中飞舞。

仔细想想，蜻蜓这个物种，在人类尚未出现的遥远的洪荒时代，就已在晚霞映照的晴空中飞舞了。今天在这个晚霞映照的秋日黄昏，它们飞舞的一瞬，就已延续了数亿年遗传下来的生命。它们通身的赤红是如火焰般燃烧的晚霞的杰作。

迎面有车开过来,我一惊,从遐想中回到现实。暮色沉沉的河面上,渔夫和渔船远远看去如剪影画一般。渔夫是在捕捞鲑鱼吧。鲑鱼们也一样,在这秋季时空的一瞬,怀着对生命永恒的信念,逆流而上。

这个北国晚秋的黄昏,所有生命都在为越冬做准备,为延续生命而行动,这真是一个忙碌的季节。

歇了好一阵子,今天才有一单汤灌和纳棺的活儿。

我在拿到简略地图时,没觉得今天这一家有什么不一样,直到我走到丧主家大门口,才猛吃一惊。

这是我从东京回富山之后,交的第一个女朋友的家。

那已经是十年前的事情了。她是个眼眸清澈的女孩。

我们经常一起去听音乐会,看美术展。

她家教甚严,我每次都得赶在晚上十点前把她安全送回家。临别时,想在车里吻她,她都会拒绝,让我最好先跟她父亲见个面。后来她也提过几次,但我还没来得及这么做,我们就分手了。

我们之间并没有闹得不愉快。

听说她嫁到了横滨,也许今天没回来。我暗暗想着,咬咬牙走了进去。

进屋四顾,没看到她,我松了口气,开始为死者擦拭身体。

我干这活儿已经驾轻就熟,任谁一眼看来,都会认为我是内行老手。但我还和第一次一样,一面对死尸动手干活儿,马上就通身流汗。

额头的汗珠将要滴落,我正要抬起白大褂的衣袖擦拭,发现不知道什么时候开始,身边坐着一个女人,正举手要为我擦拭汗水。

就是她,清澈的大眼睛里饱含泪水。直到我工作结束,她始终坐在我身边,为我擦汗。

我收工即将离开,这家主人走过来,看起来像是她弟弟,对我礼貌地跪坐叩谢。她站在弟弟身后,那眼睛像是正在向我倾诉什么。

我驱车离去,她那盈满泪水的眼睛和略显惊讶的眼神不断出现在我的脑海中,久久挥之不去。

她曾那么恳切地请求我去见她父亲,想必她深爱父亲,也被父亲深深疼爱。沉浸于无比的悲伤之时,看见为父亲擦拭遗体的人竟然是我,她的惊讶令人难以想象。

然而,那惊讶和眼泪的背后还有别的东西。

她当着丈夫和亲戚的面,紧挨我而坐,为我擦拭脸上的汗水,这也不同寻常。

她的行为没有丝毫鄙夷、怜悯或同情,也超越了男女之情。我感觉到另外一种东西。

她是在告诉我,她接受这样的我,我不需要做任何隐藏和遮掩。想到这里,我突然欣喜万分。这份工作我可以一直干下去。

职业不分贵贱。话虽这么说，只要人们还视死亡为禁忌，我们这些入殓师和火葬场工人，处境就很悲惨。

过去人们把演艺界的人贬称为戏子，现在却把艺人奉为偶像。以前封建社会的人分士、农、工、商四个等级，商人地位最低，现在社会上却是经济大亨随心所欲地操纵政治，玩弄其于股掌之间。唯有干我们这一行的，即便不求像演艺界和商界那样社会地位蒸蒸日上，也应该做些努力，得以不再遭人白眼。

殡葬这一行，只要人类还存在，即使形式上会发生改变，恐怕也会继续存在。因此为何不试着努力，让世人另眼相看？

父辈们生前都很瞧不起干这一行的人，临死却要接受这一行人的照顾才能盖棺安息。这多么讽刺！

以前，僧侣普度众生，备受尊重。今天，诵经成为丧葬祭仪必不可少的一环，和尚也因被视为殡葬业者遭到疏远。

我经常苦思冥想这些问题，结果只令自己更加沮丧。

叔父骂我是家族耻辱时，我还不太介怀，朋友的疏远却让我怅然落寞。

破产的后果很严重。平日围在身边的朋友哗的一声四散奔逃，弃我而去。他们听说我现在的职业是为死尸擦洗身体，当然更加不肯与我来往。

然而更令我沮丧的是我竟在意起别人的目光。我开始有意地避开人群，不跟人接触，终日独处，自卑而郁郁寡欢。

写作的欲望早已冷却，以前的稿子也被当作垃圾处理了。

然而，那一天之后，一切都改变了。

从她那盈满悲伤和惊讶的美丽双眸的深处，我读到了某些信息，解开了心结。

左右人生喜怒哀乐的，不过是人心简单的取舍。

你终日怨天尤人地过活，愤恨社会不公，抱怨生不逢时，其实不过是把一切怪在外界或他人身上。然而有一天，你发现芸芸众生中，有一个人完完全全地承认并接受你现在的模样，你就有了活下去的勇气，而后连思想都会发生改变。

我们一直抱怨忌讳死亡是社会成见，却没发觉自己其实也在延续这种社会成见。

如果想改变这种成见，只要改变自己的思想就行。

一个人思想发生了变化，行动自然随之改变。

我立马走进医疗器械专卖店，买来了外科医生的手术服、口罩和薄薄的橡胶手套。

购齐了行头,再将工作场合的礼数谙熟于心,我充满自信地以不卑不亢和真挚的态度开始工作。我肯定了自己是一个"入殓师"。

这样做的效果立竿见影,周围人的看法马上就转变了。

例如昨天,办丧事的是山脚下的一户农家。我干完活儿,应邀留下喝茶,一个比死者年长的老婆婆像是从榻榻米上爬过来一般靠近我,满脸认真地央求:

"医生先生,我死的时候,能请您为我做这些吗?"

被称为"医生先生",我始料不及,她的"预约"也令我不知如何应答。她这是在为自己预约死后的纳棺人!我不忍让她失望,就说:"好啊,没问题。"

老婆婆听后,对我展颜一笑。

今天还有件事值得一提。当我纳棺结束,被引领到僧侣休息的房间里喝茶时,有个和尚向我搭话:"刚才我一直在看您干活儿,可真漂亮!我们要向您多多学习。敢问您毕业于哪所大学的医学系?"

面对这突如其来的提问,我不知道该如何作答。刚好这时有人过来通知,说守夜的灵堂布置好了。对话就此中断。我不知道为什么他会认为我是从大学的医学系出来的,只知道今天纳棺的过程与以往有所不同。

思想转变,视角随之改变。我开始惦念之前未注意到的地方。

由于工作，我经常与火葬场和殡仪馆的从业人士以及僧侣接触，发现他们身上都存在致命的问题。

他们要经常面对"死"，而他们却刻意回避"死"并在这个前提下工作。

他们觉得从事的职业卑贱，对深深参与其中怀有强烈的自卑，把工作的价值仅仅定位在赚钱上。这样的话，他们要想在社会上提高自己职业的地位，基本毫无指望。而且他们认为自己被人看不起是社会成见所致，甚至怨恨起社会来。

从业者不敢正视所从事工作的本质，甚至把它仅看成一桩活计，这种工作就不可能得到人们的信赖。

有人说，工作虽然令人厌恶，但只要有钱赚就行。如果不从根本上改变这种观念，收获的永远只会是人们的鄙视。

我在日记里写得头头是道，自我开导得很明白，可是现实生活并不乐观。

不知是从什么时候开始，妻子还是知道了我工作的内容。虽然已经知道，却不说破，只是压在心里独自闷闷不乐。

昨夜我向她求欢，被她拒绝了。她说，只要我还干着现在的工作，就别碰她。我们试着沟通，她请求我为孩子们的将来想想，最后还大哭起来。

我实在没办法，只好顺口说，好吧，我答应你，会考虑考虑。搪塞之后，我再次求欢，妻子突然变得歇斯底里，冲着我大嚷"你肮脏污秽！别碰我"，再次拒绝了。

我心神不安，久不成眠。

我为那句"你肮脏污秽"心生怒火，不能释然。过去她也朝我嚷嚷过类似的话，并拒绝我的要求，但那是因为她发现我在外面花心。我并没有因此而生气，也从来不曾多想。

但是昨夜她骂我"你肮脏污秽"时，我就像被利刃刺中，身心受到极大冲击。

据说，人会被某些言语冲撞而感觉受到打击或愤怒，大多是因为最脆弱的地方被刺个正着。如果一个人平时最为谨慎介怀的事情，某一天被人毫不留情地指责，这个人很可能会当场狂怒失态。

特别是某些可以深深刺入人类自身存在深渊的言语脱口而出时，这种怒火更会以异常强烈的形式表现出来。那通常不是崇高的思想或言语，而是像人身体的一部分一样扎根于民族或部族的陈规陋习中的粗俗卑污的言语。有时候这些言语冲突甚至会引起杀戮或战争。

比如"污秽"的"秽"。从古至今，不管外来思想和异国文化多少次冲击日本岛国，这个字包含的意思在日本人心中从来没有改变过，而且是根深蒂固地筑巢于民族的心理底层，生生不息地繁衍至今。这就像生命体内的染色体，承载着祖先世代的遗传基因，丝毫不差地被我们继承下来。

折口信夫和柳田国男在日本开创了民俗学。他们调查了日本各地的风俗习惯和冠婚葬祭的礼仪文化并加以归纳，最终得出结论：这些习俗无不由"秽"和"晴"这一对好似变形虫般原始的思想范畴发展而来。

关于"秽"的思想，在古代的《延喜式》中有着详细的规定。其中"死秽"和"血秽"，是诸"秽"中最不堪的两种。

所谓"死秽",缘于死和死者被看作不干净的东西,所以所有与死以及死者有关系的人事物件,都被视为不干净的存在。而"血秽",虽然也包含着因受伤而流出的血污,但主要是指妇女月经的血污,有偏激者最终将妇女本身也视为不洁净的"秽"的存在。

时至今日,有些地方仍然把粪尿等排泄物称为"污秽",还有人把茅厕称作"不净处"。如此,粪尿之类当然也是"秽"物。

于是逃离这诸般污秽就成了人们最重要的事情。人们想尽一切办法,或为掩人耳目而远远避开,或画界线加以隔离,甚至制造一些"女人禁忌"。

然而,有些事情是无论如何也无法隔离或根本无法避开的。这时人们就想办法通过某些祓邪仪式或超度仪式,只需一瞬就把不净和污秽变为"晴净"。

所谓"晴",即"晴日"(天气晴朗)或"晴服"(体面雅致的出门礼服)的"晴",指事物处于清净神圣的状态。

"秽"与"晴"的关系表现在日本人生活的方方面面,比如大相扑的竞技台,一旦被"清洁"过后,女人就不可以登上去;而那些所谓的灵山,比如比叡山、富士山、立山、白山等都曾禁止女人登攀。

家中有人去世,门前贴上一张写着"忌中"字样的纸,送葬的人从火葬场回来后,还要在身上撒清洁盐举行清洁仪式。

这些生活细节都是从"秽"与"晴"的意识派生出来的。

为什么清洁仪式会使用盐呢？有人说是因为《古事记》里有这样一个神话。

大神伊邪那岐从黄泉国（死亡之国）回来后，对人们说黄泉国乃秽土世界，并用海水清洗身上的污秽。人们根据这一神话，用盐和水代表海水，清洁污秽，千百年来莫不如此。

清洁大相扑竞技台时用水和盐，丧葬仪式中使用清洁盐和桶装水，料理店也用水和盐来做清洁，日本神道的许多祭祀仪式，无不是以水和盐为道具，把"污秽"转化成"晴净"。

这些东西已根深蒂固，不是我们通过讲道理就能轻松解决的。

那夜被妻子大声叱为"肮脏污秽"后，我辗转难眠，唯有久久地翻看旧书。

雪雨终于从空中飘落。

山顶的积雪线越来越低，红叶林也像被追赶似的，染色线与积雪线保持一定距离，一步步向山麓退让。

雪雨来临的时节，正是山脚农家院子里的柿子树落叶的时候，枝头高高挑起几颗零星残留的赤红柿子。

每到雪雨飘落的季节，镇上许多人家都会晒鲑鱼。

鲑鱼寿司店的屋檐下，整列整列地挂着鲑鱼。鱼铺前的梧桐树上，原本用来晾晒稻子的木架上也满满当当地挂着鲑鱼。

那些鲑鱼被一条条麻绳穿过鳃，大张着嘴巴，瞪着湿漉漉的双眼望向天空。

天空中，被立山群峰阻断的雨层云卷舒堆积，与山脊互相挤压，越堆越低，不肯让步。

雪雨一刻不停地从铅灰色的天空飘落下来，染湿秋寒，如单色画一般。这样的风景是此地独得大自然造化的恩赐。

一地的地貌由气候打造而成。不应该说是"雪落在山上"，而应该说是"山被落雪塑造出美丽形姿"。

天空一旦飘起雪雨，北陆地区的人们就实实在在地感到冬日将至。雪雨时节来临并不定时，有时是十一月下旬，有时则在十二月下旬。

"雪雨时节"是北陆地区特有的季节。

"雪雨"，在英语中好像没有完全对应的词。词典中将它译为"Sleet"——"冻雨"，并不能准确表现"非雪非雨"的雪雨现象。这也许意味着在英语国家里，既非雨又非雪的暧昧的现象，还没有作为语言固定下来。英语国家的人可能不擅长用语言描述时刻变幻莫测的事物。

在把握"生死"这个词时也一样。西方思想中，不是"生"，就是"死"，而不存在中间的概念——"生死"。

而在东方思想的范畴内，特别是佛教思想中，生死被看作一体。如果把生与死的关系看作雪雨中雪与雨的关系，"生死"一如就是"雪雨"，而将雨与雪分开来讲，就已经不是雪雨了。

然而，就像雪雨会受气温影响而改变雪和雨的比例，生死中的生与死在特定的时代背景下，比例也会改变。比如说战争年代，或是严重饥荒、瘟疫蔓延的时期，死的比例就占得多一些。死亡多了，人们对死也会谈论得多一些，甚至会将死美化。而像如今这样的时代，不论是人们的日常生活还是思想意识，都很少接触死，死就处于劣势，被视为不好的事情。

把死视为应该忌讳的丑恶，赋予生以绝对价值，这种价值观的不幸在于，我们每个人都会死，因而必须面对这个令人绝望的矛盾。

我们有时会因为亲戚朋友的去世而接触到死，但那不过是短暂地感到逝者对我们的恩惠，一时缅怀，并没有把死亡当作跟自己日常有关的事物看待。有人去世，终究不过是"他人"离世。我们很难把别人的死与佛教中讲的"机缘"结合在一起考虑。

即使我们诵读莲如上人《白骨章》中的警句"此身朝为红颜，夕已白骨"，也并不能引起听者的惊觉。

现有的宗教好像已经不能适应时代发展的需要了。佛教本来是为了解决人生四大苦厄——生、老、病、死的问题，如今却沦为在葬礼上诵经和做法事超度的仪式。现行佛教早已背离原旨，只剩下反复背诵经文和重复空洞的说教。

然而，在和诵经说教的僧侣完全无关的世界里，一个冒着漫天雪雨洗萝卜的乡下老婆婆，每当一片枯叶从头顶的枝头飘落下来时，都会口诵一句"阿弥陀佛"。

Boat on a Snowy Day、1930
川瀬巴水

今天,天空中仍旧飘着雪雨。
我不由得想起宫泽贤治的诗。

就在今日
妹妹将要离开我们去远方
天空飘着雪雨,
外面显得格外光亮。
(那似雪似雨的东西,给我取一点来好吗,哥哥?)
轻薄微红的云彩渐渐苍白,
雪雨渐渐沥沥地下个不停。
(那似雪似雨的东西,给我取一点来好吗,哥哥?)
那两只绘着莼菜花样的蓝色陶碗,
还缺了口,
我用它来盛雪雨,给你吃。

我像离开枪膛的子弹一般,

飞快地跳进雪雨中。

(那似雪似雨的东西,给我取一点来好吗,哥哥?)

雪雨从铅灰色的云中,

淅淅沥沥地落下。

啊!登志子!

你就快离我而去了,

却为了给我留下明亮的记忆,

要求我为你,

盛来这一碗晶莹的雪雨。

谢谢你呀,我坚强的小妹妹!

我将勇往直前地活下去!

(那似雪似雨的东西,给我取一点来好吗,哥哥?)

你高烧不退,痛苦喘息的间隙,

为了我,要求我为你盛来一碗雪雨。

那是从叫作银河、太阳、大气圈的世界里飘来的

最后一碗雪雨啊!

两块花岗岩上

雪雨孤独凄然地积存着。

我战战兢兢地爬上去,

雪与水混存的青松上

缀满透明冰冷的水滴。

我从鲜亮逼眼的松枝上,
给我那可爱的妹妹,
取走她今生最后的食物。
在我们一起成长的岁月里,
习惯了的陶碗的蓝色花纹,
从今天起
就要和你永别。
(我,独自一人走了。)
今天真的要和你永别。
啊!那紧紧封闭的病房,
黑暗的屏风和蚊帐内,
躺着你,我那因高烧而脸色苍白的、
勇敢坚强的妹妹!
不论选择哪处的雪雨,
它们都纯净洁白。
这美轮美奂的雪雨,
竟然是从那可怕的天空落下的。
(等我转世再生,我将不再如此痛苦。)
面对你要吃的两碗雪雨,
我在心中祈祷:
愿这碗雪雨变为天上的冰激凌,
成为你和大家分享的圣洁的食物。

我愿付出所有的幸福，为你祈祷。

——宫泽贤治《永诀的早晨》

我每次读这首诗，都会浑身战栗。

不仅因为诗文忧伤凄美，还因为对沐着雪雨长大的我来说，能够从诗中感受冰冷的雪雨和它无声的气息。

妹妹登志子的死让宫泽贤治一夜之间写出了《永诀的早晨》《松针》《无声恸哭》等一系列挽歌。

宫泽贤治是个虔诚的佛教徒，他将视角指向与死亡无限接近的地方，透过透明的雪雨，写出如此充满慈悲之光的美丽诗篇。

既非雪亦非雨，拈在手中，即刻化为清水，这就是雪雨。

如果用照相机把雪雨飘落的瞬间拍摄成一幅幅静止的画面，展现在我们面前的，或许是雪，或许是雨，或许仅仅是水。然而把这些还原到时间中去，它就是不停变换状态的雪雨。

我们把这种变化称作"无常"，并用"诸行无常"来说明世间万象瞬息万变、生生不息。我们民族格外偏爱这个优美的词，常用它来表示四季的变化和人的生死等善于变换推移和难以估测的事物。

只认可"生"之价值的现代人，却偏执地认为自己永恒不变，因此"无常"一词几近死语。

春之新绿很美，秋之红叶亦美，冬之枯树也是另一种美。

在同一双眼睛看来，青春是美的，年老却是丑陋的，而死亡，则令人忌讳厌恶。

在偏执的眼睛看来，雪雨昏暗、荫翳。

然而宫泽贤治看到的不论是雪雨还是死亡，都透明且美丽。

第二章……死之种种……

不知道从何时起，我被当成了处理尸体方面的专家级人物。一旦遇到特别事态下死亡的尸体，马上就会请我到场解决，因此我经常去各种现场。

现在，对于我来说，即使不到现场，只要告诉我地点，基本上就能判断出尸体大概是什么状态。

比如，如果是在电车轨道沿线或铁路道口，死者想必是被轧死的，而如果是港口或海岸边，死者可能就是溺水身亡。我会根据这些信息做出判断，带上与尸体状况相合的用具赶往现场。

一般交通事故的死者都会被救护车送往医院，那些需要把棺材送到事故现场，就地入殓的，大多是需要警方处理的特殊情况。

今天接到警方的通知，让我带棺木马上到场。地点是海边，我就想当然地认为有人溺水而亡，稍事准备后就出发了。

当时已近黄昏，一靠近现场，就看见几辆警车。车上红色的警灯旋转个不停，灯光闪烁。海岸边的松林里停着一辆私家车，四周有几个警察。我凭直觉断定这是一起汽车尾气自杀事件。吸尾气自杀的尸体，如果发现得早，算是死尸中最漂亮的了。但如果是夏天并且发现迟了，就会成为根本无法碰触的腐尸。

我在私家车旁边将棺木卸下后，一个警察走过来用手往上指。原来松枝上还吊着一具尸体。

按说在这类案件中，警察会在棺木送到之前验尸完毕，并用毛毯或别的东西将尸体掩盖好。但今天我好像比法医更早到达。等了一会儿，才见一辆装有梯子的货车型警车开了过来。

谁都不想碰触这种尸体。

然而肯定得有人伸出手去做。到最后我发现，每次主动做这种事的，几乎都是几张熟脸。

年轻警察煞有介事地又戴手套，又戴口罩，最后却只是拿手电筒帮着照明，自始至终根本就没碰尸体。

前几天收拾卧轨自杀者的死尸时，也是这样。最后拿着塑料袋边走边收殓死尸的人，只有资深验尸官 S 先生和我。那位死者的头盖骨已被轧得粉碎，脑浆如大头鱼的鱼白一般，喷溅在枕木之间。我们从铁路旁折来树枝当筷子，一点点地夹拾。工作进行到这个阶段，只剩下 S 先生和我还在坚持。

其实我大可不必做到这个份上。只要把棺木送到现场，再把已经装殓了尸体的棺柩送往大学的法医解剖室,我的工作就算完成了。然而不知道为什么,只要到了现场,我就会不自觉地出手帮忙。

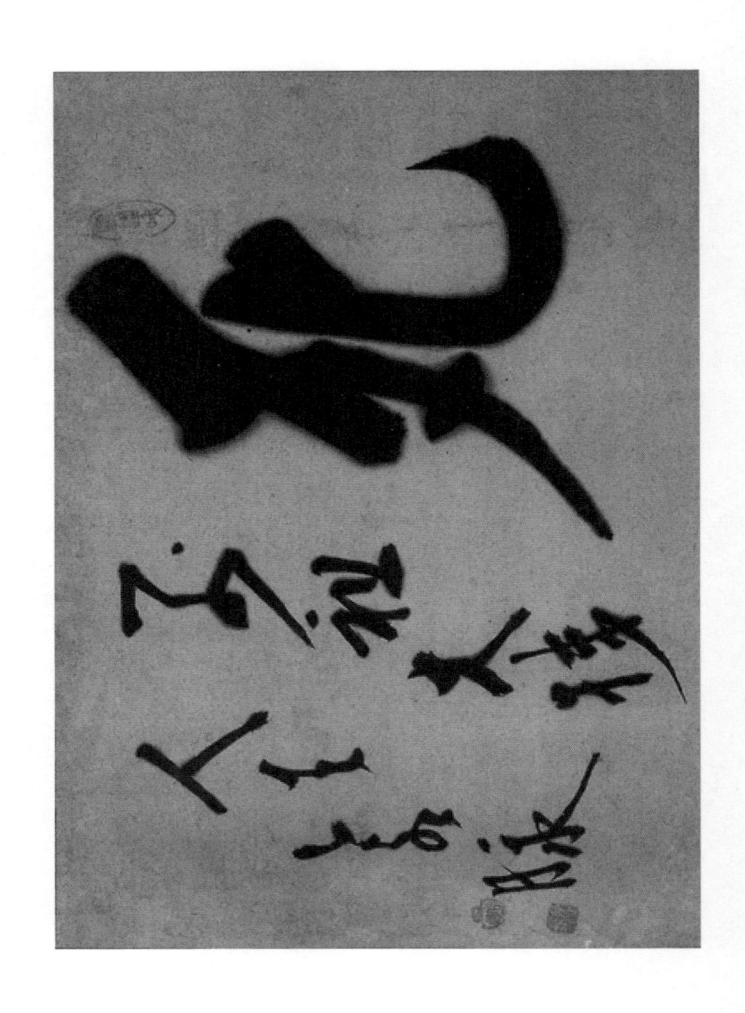

Death

白隐慧鹤

凌晨一点,公司值夜班的人打来电话,说有一户人家的棺材爆开了,让我马上赶过去看看。

这户人家是我昨天傍晚负责装殓的。我到达时,整座房子灯火通明,所有人都站在门外的大路上。

我问:"怎么回事?"

他们情绪激动地说:"棺材爆开了!"

我心想,这怎么可能?探头看看作为灵堂的房间,鲜花和器具散乱一地。我靠近灵位一看,棺材果然因爆开而毁坏了,死者的手臂也从棺木缝中露了出来。

死尸已腐烂,臭气熏天。我强压着呕吐的冲动仔细勘察了一下,发现棺木周围缠过胶带。

导致棺木爆裂的就是这些胶带。那家人说,守夜时觉得尸臭太熏人,就决定把棺材的接缝处堵上。他们用胶带缠裹棺材,把它彻底地封实。死尸和干冰散发出的气体涨满棺木,最终导致棺材爆裂。

我不得不在凌晨两点重新纳棺。

死者是为救溺水的孩子而淹死的父亲。

孩子获救了,这位父亲却失踪了。大约一个月后,尸体被冲到新潟县的亲不知海岸。尸身已高度腐烂,面部几乎难以辨认。

死者的大女儿从东京赶回来,像是个大学生,哭着喊"爸爸",要求我把棺材盖打开。母亲一开始还劝女儿别看,后来可能是被女儿歇斯底里地搂着棺材痛哭的阵势给弄糊涂了,让我开棺给她看一下。

我一打开棺材盖,那位女儿只看了一眼就瘫坐在地,连声喊着:"怎么会这样?怎么会这样……"

这是前一晚的事情。

我把尸体纳入新棺材,重新简单地布置了一下灵堂,交代他们"等天一亮就会有人过来处理",然后才离开。

出门一看,天快亮了。

开车回家的路上,我仍觉得身上有股尸臭,难闻得很。到家后,赶紧从头到脚冲洗身体,换完内衣裤后才躺到床上,然而还是觉得身上残留着一股尸臭味。

我很想睡着,可是那股尸臭味搅得我根本无法入睡。

辗转反侧之际,我突然想到,也许臭味附在鼻毛上了,于是跳起来清洗了鼻毛,甚至用剪刀修剪了一遍。果不其然,尸臭味消失了。

今天又碰到一件异常的事情。

警察通知，让我带着棺木去一趟。我急忙赶过去，发现现场是一间破旧的平房，房前站满了警察和附近的居民。

大门和窗户全都大开着。

我问是怎么回事，有人回答说，里面有一具情况很糟糕的尸体，人没法进去。原来是个独居老人，死了好几个月才被发现。

我从其中一扇窗户望进去，一间堆放杂物的房间中央铺着被子，尸体好像在被子下面。

也许是错觉，我看到稍稍隆起的被子好像在颤动。不仅如此，房间的地面上撒满了很多像豆子一样的白东西。

仔细一看，原来是蛆虫。它们从被子里爬出来，散布到整个房间，甚至蔓延到房前的走廊上。

我后背发凉，问旁边的年轻警察怎么办。他一脸茫然，不知所措,最后拜托我说,请无论如何想办法把尸体纳棺。我用警车上的无线电通话器联系公司,让人送来笤帚和簸箕,以及装尸体的塑料袋。

总之,如果不先把蛆虫清理掉,就无法靠近尸体。

首先把大门口到走廊的蛆虫扫到一起,用簸箕移走。再往里打扫,一直到棺木能放到被子近旁为止,整整花了一个小时。

放下棺木,掀开被子的一瞬间,我感到毛骨悚然。我身后的警察连忙别过脸后退了几步。而公司派来送笤帚的家伙,竟然夺门而出。

无数的蛆虫在尸体的肋骨中间,像微波荡漾般蠕动。

我和一名警察各抓着被子的一头,把里面的东西一股脑儿地倾入棺中。棺材被运往大学的法医学解剖室。而我仍然留下来清扫蛆虫。邻居妇人也拿来笤帚和簸箕,一边帮忙,一边为自己住在附近却没发现老人死亡拼命辩解。说什么老人以前住过医院,以为最近又住院了,又说老人在东京有个养子,还想着是不是搬去跟养子一家一起生活,等等。

其实我根本没必要在这里清扫蛆虫,但想到这里可能会用来办丧礼,还是帮着打扫一下为好。

渐渐地,一只只蛆虫在我眼前变得鲜亮起来。我注意到,这些小小的蛆虫为了不被逮到而拼命奔逃,有的甚至试图爬上柱子逃生!

　　蛆虫也是一种生命。这样一想,我似乎看见蛆虫们发出光芒来。

人都想死得美丽，但都不太清楚到底怎样才算死得美丽。

是没有痛苦地死去，还是不给别人添麻烦地死去？或者说，是死后的肉体形态美丽，还是死的形式好看些？

人们连在意的究竟是死法还是死后尸体的状态都拿不准，要是和死后尸体的处理方法结合起来考虑，就更难说明白了。

在医科大学的筹建过程中，我因宣传遗体捐献活动而与筹委会的 M 先生熟识。M 先生是解剖学教授，为了凑齐开设医科大学所需的遗体捐献者登记人数，他日夜不停地埋首工作。

一个经我介绍参加遗体捐献活动的人，在教授那里登了记。那天，教授向我表达谢意之后，突然兴致勃勃地说："有件事很奇怪啊！在'白百合会'注册登记的会员中，百分之五十是基督徒。但他们在本地的宗教信徒中占的比例还不到百分之一。你怎么看这个现象？说'当我闭眼之后，请把我的身体扔进贺茂河里喂鱼'的,是亲鸾①吧?净土真宗的信徒,在北陆地区可是占了人口的百分之八十呢。"

M教授以学者惯用的方式列举数字,兴奋地谈起这件事。

后来,那位登了记的捐赠者去世了,他的葬礼筹备会出了问题。

当时死者的亲属说死者登记过要捐献遗体,问我这种情况具体怎么办。虽然已是深夜,但我还是给M教授打了电话。他接到电话就乘出租车赶了过来,详细地解释了具体程序:葬礼仪式可如常举行,只是出棺时,棺木不是运往火葬场,而是运到大学里;三年后遗体火化,骨灰奉还给家人,其间大学方面每年会为捐赠者举办供养佛事;等等。最后,M教授郑重其事地恳请死者亲属:"希望大家为医学的发展和培养未来的医生共同努力!"说完双手触地深行一礼。

这时候,在场的一位女士突然变脸,哭着喊道:"我反对!绝对反对!不许把爸爸的遗体……"说着便扑到棺材上号啕大哭。

其他亲属聚在一起悄声议论,最后的结论是:不同意捐献遗体。

M教授失望而归。他离去时垂头丧气的背影,我一直记忆犹新。

---

① 亲鸾(1173—1262),净土真宗开宗祖师,八岁离别父母出家。(若无明确说明,均为作者原注。)

人们对死的认识非常顽固，不容易改变。这种顽固还影响了人们对死后情形的认识。

最近我看报纸，说国外一些地方，政府发出通告，禁止土葬，一律改为火葬。结果由于认为火葬后不能升入天国，老人纷纷自杀。

读了这则报道，我对人们的"我执"之心深感震撼！竟然有人如此执着于死后尸体的处理方式，并为之烦恼，甚至不惜赌上性命。

自古以来，人们根据各地的风土、文化和宗教习俗，在死尸的处理方式上采用过土葬、火葬、水葬、风葬、鸟葬等。

"葬"是象形文字，上下各一个"草"字，中间夹着"死"字。"死"是由"歹"（散乱了的骨头）和"匕"（人倒立的形状）两字组合而成，由此可以推断，在"葬"字产生时，埋葬死者的方式，也许仅仅是把死了的人放在草丛中。

总而言之，概念一旦固定下来，就很难改变。

对于"美丽的死"的认识也是如此。

所谓美丽的死，也因人们各自的世界观、宗教观和审美意识而各不相同，并且与每个人所处的风土习俗和社会环境关系密切。

没有一个普遍的法则可以规定什么是美丽的死。然而在某个时代，某种社会环境下，美丽的死可能表现为某种倾向。

以前，人们错误地赞美《叶隐》中"所谓武士道，就是寻找死亡"的思想，认为与其苟且偷生不如勇敢赴死，如此即被称颂为大善大美。

但随着日本战败，这种思想体系土崩瓦解。人们开始认识到，活着才是最好的，而死亡不论是什么形式都变得丑陋。

就在"生"被赋予绝对价值的社会风潮中，昭和四十五年（1970年）十一月二十五日，三岛由纪夫在陆上自卫队东部方面总监室切腹自杀，对当时的社会造成极大的冲击。

三岛由纪夫在《忧国》中曾解释：

我始终无法释怀的，是年老的永远丑陋，而年轻的永远美丽；年老者的智慧永远模糊，而青年们的行动永远清晰。人越是活下去，就越走下坡路，人生就是直线式下落的过程。《忧国》中，那对中尉夫妇在悲境中不知不觉地达到了人生最高的瞬间。我试图将他们肉体极致的解脱和无以复加的痛苦，统括于同一理念之下，以期实现最高境界的幸福。因此我才会把"二二六"事件设定为他们死亡的背景。

在《镜子之家》一书中，三岛还说：

即使我们把人的肉体假设为一件艺术品，恐怕也无法阻止它被时间侵蚀而日益老化。

因此，他在作品中让年轻的主人公殉情了。

同样是与其苟且偷生不如选择死亡，深泽七郎在《楢山节考》中表现的方式却完全不同。

《楢山节考》中的阿玲婆婆也认为与其苟延残喘地活着不如死了好，自己已经到了该去"弃老山"上等死的年纪，如果迟迟赖着不肯上山，会非常可耻，于是她让儿子早日带她到山上。

对于阿玲婆婆来说，在楢山山顶上迎接死亡是美丽的死法。

这部作品参评"中央公论新人奖"时，三岛由纪夫是评委之一。他的评语是："我感觉自己好像被拖入黑暗潮湿的泥沼底层，虽然觉得很美——也许是我个人的感觉，但又觉得有些恐惧，就像我读《说教节》《赛之河原》《和赞》等作品一样，整个人像是要沉溺了。"

深泽七郎的作品描述的世界，应该不是三岛由纪夫能够接受的。

阿玲婆婆的死是一种牺牲自我的爱，和"生"息息相关；三岛的死，则是对自我的"爱"，是切断与"生"的一切关系的"爱"。

从另一个角度来看，阿玲婆婆的死是社会共同体中个人的死，而三岛由纪夫的死，则是一个被社会遗弃了的近代知识分子的独特的死。

事实上，没有什么死法会比自杀给社会造成的困扰更大。

自杀这种行为，就是被社会疏远的人孤独地解决问题的方法。

总而言之，自杀与其说是美丽，不如说是悲哀。

我们既不忍心看着被遗弃在雪峰顶上的阿玲婆婆的身影，也不忍心看到自卫队总监室里三岛由纪夫那让人介错后滚落在地的脑袋。

撇开自杀、意外死亡等特殊的死法，我们平时所讲的一般意义上的"美丽的死"，大概是不得阿尔茨海默病，不长期卧病在床，某一天毫无痛苦地忽然离世这样模糊的概念。

最近肿胀的尸体明显多了起来。那些苍白肿胀的尸体，就像是装满了水的尼龙袋。

我开始干汤灌和纳棺的活儿是昭和四十年（1965年）初。那时，一半以上的人都死在自己家里。那些山脚农家死者的尸体，大都干瘦如枯枝一般，肤色也都像是柿子树枯枝一样黑黢黢的。尸体大都弯曲地躺在昏暗的设有佛龛的里屋。

将这些尸体纳入棺材很不容易。死者的腰背已经弯曲如虾，如果想让人们从棺材的天窗里瞻仰遗容，就得把尸体的腰背抻直了仰面安放。然而尸体总是很难放平，不是膝盖上翘顶着棺材盖，就是脑袋翘起来，总之得费很大劲儿才能把棺材盖好。

这些尸体的形状表明了他们历经的人生：从孩提时代起，几十年如一日面朝黄土背朝天地耕耘。在大多数老人都会变得弯腰曲背的时代，坐棺下葬的形式很合时宜。特别是那种圆形洗澡桶式的棺木，最合适不过了。

对于这些尸体来说，用"遗骸"来形容再适合不过，它们看起来就像蝉蜕一般，只剩一层干瘪的外壳。

随着国家经济高度发展，这种枯枝一般的尸体已越来越少见。

现在的人除了意外死亡和自杀之外，大多都在医院里去世。过去人们老了病了不能进食时，身体就会消瘦，死时四肢就像枯枝一般细瘦。如今却不然，病人可以打点滴，输营养液，很少会像过去那样消瘦下去。

一些肿胀的尸体被送出医院时，胳膊上满是触目惊心的针眼，有的尸体甚至在喉咙或下腹部拖着导管。

这些尸体怎么看怎么像是一截活着就被劈开的树桩，很不自然，无法给人一种晚秋落叶般自然的感觉。

而且，如今医疗机构根本就不给病人思考死亡的机会。

围绕在病人周围的，除了维持生命的器械装置外，还有被延命思想武装的医生团队，和一群执着于生命的家人。

垂死的病人就这样被放置于一堆冰冷的器械中，孤零零地与死亡对峙。他们无暇思考关于死亡的问题，也没有人会给他们任何建议。

即使他们主动谈论死亡，得到的回答也永远只是"要加油啊"。

每天从早到晚他们就像就职于竞争激烈的大公司营业部，

总被鼓励"要加油啊"。亲人来了,对他们说"要加油啊";朋友探望时说"要加油啊";就连抽空来巡房的护士扔下的也是那句"要加油啊"。

我参加过一次关于晚期癌症的研讨会,国立癌症中心 H 教授的发言令人记忆犹新。

有一次,他遇到一个癌症晚期病人,发现每次有人说"要加油啊",那个病人就会露出痛苦的表情。有一次他帮病人注射完止痛针后,说:"我早晚也会跟你一样走这最后一段路。"他说完后,这位病人第一次露出了笑容。后来,病人的精神面貌焕然一新。

这样的医生很少见,而这类病人往往会被送入集中治疗室。这样一来,连探视都不允许,虽然很少再听到人们鼓励说"要加油啊",但身上却插着无数根橡皮管子,被软线和机器仪表连接起来,接受严格的观察。一旦病人打算接受死亡,灵魂游离欲飞向光明世界,监视仪器马上会发出警报,医生和护士则会慌慌张张地跑过来,又是插针又是拍打脸颊,实施抢救。

这种情形,就像你好不容易找到了喜欢看的电视节目,却被人无端地强行更换了频道一样。

用"救助生命"这个响当当的大义名分武装的"生"的思想,让现代医学旁若无人地傲然行事,把过去人们最珍视的东西毫不手软地夺走,即使在人临死的瞬间也毫不留情。

在这样的环境下,我们又怎么可以死得美丽呢?!

Heirinji Temple Bell, 1951
吉田远志

早上醒来一看,下雪了。

雪好像是从昨夜开始下的,一直到今天早上,积雪厚达二十厘米以上。

对于生长在雪国的人来说,这本是稀松平常的事情。但一片银白的世界猛然出现在眼前,还是让人惊喜。

邻居家的篱笆墙下,山茶花开了。也许那株山茶早就开花了,只是我从未留意。从厚厚的积雪中展露出来的红色花瓣,格外亮眼。

我盯着花儿看了许久,忽然醒过神来,只见四周一片纯洁的雪白。

如此难得的静谧假日,却被一阵电话铃声扰乱了。一个亲戚打来电话,说是我那位远房叔父得了癌症,住院了,建议我去探视一下。自从断绝关系以来,我们已经好几年没见面了。一瞬间,闪现在我脑海里的竟然是"他活该"。原来我心里仍在怨他。

他骂我是家族的耻辱,把我斥骂为蛆虫般不堪,这些我都不能原谅。

任凭谁怎么劝说,我也不打算去探视。我这么恨恨地想着,慢悠悠地清扫车顶和房子周围的积雪。电话铃又响了。

这次是母亲打来的,她好像刚从医院探视回来。

"你去看看他……"

"我不!是他亲口说,别让他再见到我这张脸。"

"唉,你小时候,叔父很疼你啊……再说了,上午我去看他,他已经认不出我是谁了。看情形,也就是今晚或明早的事儿……"

听着母亲近乎哀求的话,我默默改变主意。既然他已经病得认不出人来,恐怕也不会再对着我说教了,况且婶婶待我很好,我和她又没过节,还是去一趟吧。

"好吧,我去。"

我挂了电话,也没跟妻子说一声,便去了医院。

我站在单间病房前,调整一下姿态后敲门。婶婶从门后探出头来看到我,大声说:"你来啦!正是时候啊!"她解释说,叔父一直昏迷,这会儿才苏醒过来。

我一边想着"来得真不是时候",一边已经被婶婶拽着胳膊领到了病床边。

叔父像是真的神志不清了。

但他好像明白我是谁,颤抖的双手向我伸过来。我顺势握住,在婶婶搬来的椅子上坐下。

叔父看着我,好像要说什么。他的脸安详而柔和,与对我说教时判若两人。眼泪从他的眼角淌落。我感觉到他使劲握了一下我的手,同时还说了一声"谢谢"。

之后,叔父一直握着我的手,重复那句几乎听不清的"谢谢"。

他的脸温柔得几近炫目。

叔父于翌日早晨去世。

我心中的怨恨早已消失,取而代之的是一种不断涌上心头的愧疚。

在叔父的葬礼上,我上香并祈求原谅。我泪如雨下,打湿了整个脸颊。

这是叔父葬礼两三天后发生的事情。

　　我很少见地收到一个邮包。寄件人是一个以前和我交往甚密的朋友。拆开一看，里面装了本小册子，是一位叫井村和清的三十二岁就去世了的医生的遗稿集，名为《感谢大家》。

　　我不经意地翻看起来，不由得被吸引。等意识到时，发现自己一直跪坐着，而且读着读着已然泪湿双颊，无法认清字句。

　　虽然已做好心理准备，但当听到癌细胞已经转移到肺部时，我还是一瞬间感到后背发冷。癌细胞扩散不止一两处了。从放射室走出来的时候，我下定决心，要踏踏实实地走到尽可能到达的地方。

　　那天傍晚，当我在公寓停车场停车时，看见了不可思议的光景：世间一片光明。那些去超市购物的人身上看上去闪烁着光辉。那些四处玩耍的孩子身上也闪烁着光辉。那些狗,甚至垂首的稻穗,还有杂草、电线杆、小石块……都闪烁着光辉。我回到家中,妻子竟也显得无比尊贵。我感动得不由得想双手合十。

读到这里,我的脑海中浮现出叔父的面容,好像明白了叔父安详纯净的面容背后的奥秘。

叔父那时肯定是看到了我、婶婶、医院的窗台、花瓶、护士小姐等都闪烁着光辉,才会有那么柔和的表情。

叔父握着我的手,低声呢喃的那句"谢谢",与井村医生遗稿集最后一页上的话,意思一模一样。

感谢你们每一位。
北陆的冬天无比静谧。
忍过漫长的冬季,
冰雪融化,草木发芽,
郁金香盛开的季节就会来临。

感谢你们每一位。
你们都有一颗温柔的心。
在你们的温柔汇成的浪波之间,
我幸福地泛舟摇曳。

我幸福地睡去,感觉幸福无比。

感谢你们每一位。
我从心底,深深地感谢你们。

每天和死尸打交道，渐渐地，我觉得死尸看起来都很宁静，甚至美丽。

相反，倒是那些恐惧死亡、面对死亡战战兢兢的活人的脸孔，令人觉得丑恶不堪。擦洗死尸的时候，我能感受到人们投来的交织着惊惶、恐惧、哀伤、忧愁、愤怒等情绪的目光。

在历经叔父之死和读了井村医生的遗稿之后，我特别留意起死者的面容。

这令我想起，长久以来我虽然每天接触死者，但对他们的面容却好像总是视而不见。

人总是这样，对于讨厌、害怕、忌讳、嫌弃的东西，只会敷衍了事地一扫而过，而不会认真地看清楚。想必我以前在面对死尸时也是这个态度。然而现在每当面对死尸时，我都会很认真地观看。

我用心地观察尸体，渐渐地发现死者的面容竟然都那么安详。

我不知道他们生前做过什么好事或坏事,但此刻好像都不相干。生前对宗教是笃信还是漠不关心,信仰何种宗教、哪个宗派,甚至对宗教有没有兴趣,这些都无关紧要,他们的遗容一律都那么安详。

这个地区百分之八十以上的丧礼都按照净土真宗的仪式举办。然而并不能因此断定,这里虔诚信奉净土真宗的人很多。很多人是在家里要办丧事时,才弄清楚到底信奉哪个教派。这些人在参加别人的葬礼时,也会手挽数珠双手合十,但并不是因为虔诚信仰阿弥陀佛而口诵佛号,他们只是形式上的信徒。

然而即使是这些人,死后脸上也会呈现安详之相。特别是刚刚咽气时,大都半合着双眼,简直和雕刻精美的佛像一模一样。

《叹异抄》[①]中有一名句:"善人尚得往生,何况恶人哉。"我在学生时代对亲鸾的思想根本不理解,但这句话却令我感到莫名愉悦。

随着日复一日地对死者遗容的观察,我渐渐觉得对于往生

[①]《叹异抄》,亲鸾的直系弟子唯圆著。亲鸾殁后,世间关于亲鸾的教义异议横生。弟子们决定记录下亲鸾生前说的话,集合成批驳异议遵循参照的小册子。此书采用亲鸾与弟子唯圆问答的书体,代表了日本佛教思想的极致。因为此书容易引起误解,被莲如封存在本愿寺的仓库底层,明治时代以后才广泛被知识分子们传阅,影响极广。

成佛的人来说，无所谓善人恶人。有些《叹异抄》的注解书试图对亲鸾的话做解释，说什么"善人靠自力成佛，恶人却无法如此"等。但死者安详的面容，跟这些干巴巴的理论丝毫扯不上关系。

前几天纳棺的一个死者，生前是黑社会的头目，他的遗容也是那么安详。听说他年轻时因杀人获罪，长期在监狱服刑。

一个人很可能为报效国家而主动请缨上战场，却不曾杀过一个敌人；而有的人虽然并非自愿却被征入伍，因而杀了很多人。有些时候，好心帮人却陷人于不幸，而冷淡待人却救了他人性命。

在如来和菩萨的眼中，世间没有善人和恶人之分，有的只是在这个弱肉强食的世界里，以自我为中心的可悲的人。

亲鸾在《叹异抄》中对唯圆说："若有因缘，纵伦理上讲为绝对恶者，人亦为之。"

亲鸾持这种观点，是因为他站在超越恶与善的立场上。

我们思考或表达观点时，总是习惯站在自己的立场上。比如谈论善恶，把自己划归善人一类的人和自认为属于恶人一边的人，出发点不同，因此各自眼中看到的善恶，自然样态迥异。

特别是在谈论生死问题时，人们往往把立场设定在"生"上进行单方面论证，而从"死"出发做出论证几乎不可能。

释迦牟尼和亲鸾却能站在超越生死的地方看问题并表达思

想。那是一个既能看见生也能看见死,既能看见善也能看见恶的地方。

不知从什么时候起,我凝视死者的面容时,会满脑子思考这些问题。

苏联宇航员弗拉基米尔·蒂托夫说："一年来一直看着地球，渐渐地竟然觉得地球是这样柔弱可爱的东西。"

我们这些生活在地球上的人，从未曾觉得地球柔弱可爱。倘若我们把视点移到宇宙，回望地球，便能如此感性地认识它。

如果我们不改变视点，仍然坚持立足于"生"来探讨"死"，那么我们的思想永远只能停留在"生"的延长线上。再说，人们在谈论"死"的世界时，提出的不过是推论和假说。

将踏上死后世界的旅程，描述为身穿朝拜时用的白色衣装、手持木杖、颈挂六文钱串渡过奈何桥……统统不过是我们站在"生"的延长线上搬用人间的一套而已。

在理论物理学中，如果一种新的假说得不到实证性的证明，就会被抹去。而关于死后世界的假说，除非出现奇迹，否则根本不会得到实证性证明，但诸种假说反倒都留存下来，经过几千年的流传，巧妙地融入各种传说和神话故事中。

不论发展到什么时代，人都会立足于"生"的本位来忖度"死"的世界，层出不穷地构筑关于死后世界的思想。特别是许多学者，坚持认为人的智慧可以解释一切，他们不了解真实的情形，却一味执着于感性的"生"的世界。

以战后活跃一时的现代诗人为例，他们拼命挣扎也没逃出虚无之境的根本原因，恐怕就是他们过度执着于"生"而无法如实面对"死"。现今社会，信息泛滥，很多艺术家衡量生命的尺度，全部局限于他们等身的著作中，根本原因可能就是他们不敢正视"死"，仅仅站在"生"的角度看世界。

宫泽贤治却克服了这个局限，他用一种超越以人为本位的衡量尺度，为我们展现了一个全新的世界。

作为一位科学家、佛教信徒和诗人，宫泽贤治说："所谓'我'这个现象，就是一种基于假设的有机交流电灯的一丝蓝色的灯光。""所谓四维空间的感觉，就是给静态的艺术加入流动的因素。"他说到四维空间，就好像曾亲自往返过一样。

宫泽贤治的作品优于常人之处，在于他既着眼微观世界又观照宏观世界。当我们追随他的视线去看微生物世界时，转瞬之间，他又把我们的目光引向太阳系、银河系甚至整个宇宙，而在下一个瞬间，又转移到基本粒子世界。他那双眼睛就像自动变焦镜头一样，在微观与宏观之间自由转换。

就像《般若心经》①中描述的观自在菩萨那样，宫泽贤治拥有一双能自在观察世间的眼睛。

只要能够转移视点，思考问题的心就会产生关怀。所谓关怀就是能站在他人的立场上。宫泽贤治在《永诀的早晨》一诗中，几乎是把自己和快要死去的妹妹登志子合而为一，完全从他妹妹的感受去看世界。那首脍炙人口的《风雨无阻》，通篇表达的是对所有人的关怀。

宫泽贤治的童话《夜鹰之星》中，当夜鹰感知到小飞虫也是一条生命，并产生关怀之情时，就变成了一颗星星。

宫泽贤治对世间任何生命都充满关怀，他拒绝肉食，只吃素菜。这种素食生活成了他后来罹患病痛的原因之一，他去世时年仅三十七岁。

宫泽贤治在病榻上写下了这样不可思议的诗：

没有用了

它涌流不止

咕嘟咕嘟地喷涌而出

从昨夜起，我就血流不止，无法入眠

那里是一片蔚蓝静谧

---

① 《般若心经》，全名为《般若波罗蜜多心经》，是一部把浩瀚的般若经压缩成二百六十个字，表达了般若皆空的精神的经典。我们熟知的"色即是空，空即是色"之语，即出于此。

我可能快要死去

可那是什么风在吹啊

已经快到清明了

就像从蔚蓝的天空冒出，蜂拥而来一般

吹来美丽的风

风儿吹动枫叶的嫩芽和毛茸茸的花儿

涌起波纹似摇曳的秋草

带有烧焦痕迹的蔺草席子也呈蓝色

你好像刚开完医学会回来

身上还穿着黑色礼服

你已经尽心尽力为我做了所有的治疗

即便就此死去，我也毫无怨言

虽然血流不止

我却能如此安宁且不觉苦痛

也许是因为我的灵魂已有一半离开身体

但是因为失血过多

我无法讲给你听，实在可惜

在你看来，我如此光景想必凄惨可怜

而映入我眼中的

是美丽的蓝天和通透的微风

宫泽贤治由于拒绝食用一切肉食而患上坏血病，牙龈出血不止。同时还染上肺结核，不停地咯血，最终病倒住院，高烧达四十摄氏度。

他不能说话也不能写，因此此诗就叫《用眼睛诉说》。

这可谓宫泽贤治的濒死体验。

诗人离开躺在病床上的身体，浮游在空中，见到医生和自己身体出血的样子。他已不再痛苦，放眼望去只见蔚蓝的天空。

我曾经长年思考死为何物，死后世界又是何种模样。当我读到这首诗时，从中获得了相当肯定的启示。

高更在塔希提岛时，画了一幅名字很长的画，叫《我们从何处来？我们是谁？我们将往何处去？》。

每当身处丧礼现场时，我都会问自己同样的问题。

"我们是谁"可以交给哲学家去解答，但"我们将往何处去"却会在送葬时迫使我们深思。

在净土真宗教徒的葬礼上，送葬的人会齐声颂唱"投入佛的怀抱"，把死者送走。念悼词的人会以"灵魂啊，安息吧"为结语。丧家代表则会答谢众人道："想必家父在草荫下也会感到欢喜。"

这样看来，有人以为亡者已被佛接受而获得超度，有人认为亡者的灵魂浮游于虚空，有人则认为亡者已长眠于草荫之下。

来奔丧的人也是举动各异：有的对着遗体合掌，有的对着遗像合掌，有的对着祭坛或灵车，甚至火葬场的烟囱里冒出的烟虔诚合掌。

然而不可思议的是，很少有人在重要角色"佛像"面前双手合十。

僧侣念诵的经文根本听不懂，人们也不知道死者到底去了哪里，于是就想当然地对着个东西合掌祈祷。

佛教思想中有个"中有"（中阴）的概念。一切生命都要在天、人、阿修罗、畜生、饿鬼、地狱六道间进行生生死死的转世轮回。

一次生命的终结到另一次生命的开始的这段时间叫"中有"，为四十九日。这四十九日被分为七个七日，每个七日的第一天，灵魂都有可能转世投胎。但如果过了四十九日还没有去处，灵魂将会迷失，不知去向。

不管何时何地，我们终不能解答这个问题：我们将往何处去？

遗族亲友会在死者逝后一周年、三周年、五十周年时举办追思佛事，至于死者到底是否已经超度成佛，活着的人谁都无法得知。

有些事还是不知为妙。如果我们明确地知道六道轮回是怎么回事，那么事先就能知道亲人是会投胎为畜生还是转生为饿鬼，抑或堕入地狱了。比方，如果有人知道自己的祖父会投胎做畜生，那他肯定不会光顾卖牛排的西餐厅或卖烤鸭的中餐馆。所以亡者究竟去了哪里，人们最好还是不知为妙。

自从入了殡葬这行,我发现了一件令人深感困惑甚至惊讶的事情。

那些乍一看好像意味深远而庄严肃穆的丧葬仪式,事实上不过是一些支离破碎的迷信和陋俗的拼凑。迷信能被这么具体化,还以葬礼仪式呈现出来,不由得令人诧异。

人们对死的讳莫如深给了迷信和陋俗可乘之机,它们就像魑魅魍魉一般在世间横行,并日渐神秘化为神圣而不可靠近的禁区。

几千年来的迷信和迄今为止的陈规陋习重叠累积,再混入日本神道教和佛教诸多流派的教理,时至今日已具有浓郁的地方色彩,并且呈现出复杂怪异的样态。

要说产生这些丧葬礼仪和各种习俗的根本原因,就在于"我们从何处来?我们是谁?我们将往何处去?",而这些问题得不到明确的答案。

从佛教徒的殡葬仪式及其内容来看,大都立足于一个假设:人死后灵魂四处游荡,无所依存。

当问起在死者枕畔点燃的线香为什么非得是一支而不能是两支时,人们会说死者的灵魂会被两缕青烟弄迷糊。再问为什么要摆设牌位,人们会说是为了让灵魂栖身其中。至于六文钱串、头陀袋、手套、脚套、手杖、草鞋等,据说是为亡魂走过"中有"这段路途配备的行装。葬礼上需要"引导僧"出场,据说是为了给死者(亡灵)指点迷津。尽管引导僧会大声催喊："速去成佛，呵！"可谁也不知道亡灵是否会成佛。

也许正是因为没有成佛，葬礼之后才举办一系列的追思佛事。

还有一些习俗，比如为驱除邪魔在死者胸前放一把短刀，或把屏风倒放在死者身旁……总之净是些匪夷所思的名堂。

现今的佛教葬礼仪式，与释迦牟尼和亲鸾的教义相去甚远。严格说来，如今的佛教葬礼，内容上与泛灵论和以尸体崇拜为本质的原始宗教毫无二致，而仅仅在形式上采取了现代化的装潢。

时至今日，科学已经试图破解宇宙和生命的奥秘，但相信万物有灵的泛灵论几千年来在人们心中筑巢生根，毫无变化。这只能说明在迷信和陋俗背后，隐藏着人们相信灵魂实际存在的"自我"，而这个"自我"，几千年来从未消失过。

当婆罗门教相信灵魂存在并主张轮回说时，释迦牟尼否定了"灵魂"（自我）的存在，并以"无我"为缘起，倡导新理论，这就是佛教的"无我缘起说"。

第三章 光与生命

在这行干得久了,我渐渐变得敏感,一踏进丧主家大门,便能感知这家人悲伤的程度。

如果是家里至关重要的人物突然离世了,我不用进到里屋,就能嗅到笼罩在整个家庭的浓重的悲哀。

今天遇到的就是这么一户人家。

一对年轻的夫妇带着两个孩子驱车外出,不幸发生车祸,在后座上玩耍的孩子们平安无事,驾车的丈夫身负重伤,而坐在副驾驶座上的妻子被甩出车外,当场死亡。我要处理的死者就是这位妻子。

农家特有的设着大佛龛的里屋铺设了一张床,床上躺着一具头部缠裹着绷带的女性尸体。一件绣有家徽纹章的和服外褂倒盖在被褥上。

死者的枕畔坐着个老婆婆,抱着一个两三岁的男孩,显得特别悲伤。一个四五岁的女孩紧挨着老婆婆,一会儿站起,一会儿坐下。

死者的脸颊没有丝毫伤痕，可能是谁帮她合上了眼睛，遗容安详美丽，给人一种因病沉沉睡去的错觉。

女孩忽然发问："妈妈怎么还在睡呀？"

这一问引起周围一片低泣。老婆婆捶打着榻榻米痛哭失声。

我一时无法纳棺。

在周围人的哭声和眼泪中，我结束了纳棺工作，起身打算去洗手。一位看似村中长老的人叫住我，把我引到后院。

那人先在一个塑料桶里装上凉水，再从热水壶里倒些热水进去，然后递给我并叮嘱道：洗完手后把水倒在院中的小竹林里。他离开时还特意说了一句：这是本地的习俗。

当我把用过的水倒在小竹林里时，一个闪闪发光的东西从眼前掠过。仔细一看，是一只纤细的豆娘，在竹丛中颤颤巍巍地低飞。

过了一会儿，它停在了新生的格外翠绿的嫩竹枝上。

我靠近仔细观察，这只豆娘晶莹剔透的体内竟满载着虫卵。

刚才纳棺时，我没流一滴眼泪；但此刻，看着闪闪发亮的虫卵，我不知不觉泪流满面。

这只小小的豆娘，生命仅几个星期而已。但是从几亿年前开始，豆娘们就怀着一排排虫卵，代代繁衍，生息不止。

我这么想着，止不住潸然泪下。

电车窗外的世界

充满了光明

充满了欢悦

生机勃勃地呼吸

当我意识到也许该与这个世界作别了时

身边早已熟识的景色

忽然间看起来如此清新

这个世间

人类和大自然

都充满着幸福

我却一定要死去

这个世界看起来如此幸福

慰藉着我的悲伤

我胸中充溢着感激

揪心的感觉让我泪流涔涔

…………

　　这首诗名叫《电车窗外的世界》，作者高见顺于昭和四十年（1965年）死于食道癌。这是在他去世的前一年出版的诗集《死之深渊》中的作品。

　　高见顺在"二战"刚刚结束时，曾因患肺结核差点死去。十年后，又患上食道癌，再次面对死亡。

　　十年来，我也一直面对死亡，但这些终究是别人的死，而不是自己在最近距离上凝视死亡。

　　我在清扫蛆虫时见过蛆虫发出的光芒，在矮竹丛中见过豆娘发出的光芒，我敢肯定这些与井村医生在公寓停车场看见的光景和高见顺见到的电车窗外的光，都是同一性质的。

　　每当想到这些机缘时，我都泪流不止，心也不由自主地揪痛。

　　难道说，人一旦靠近死，面对死，眼前所见的一切就会发出光吗？

　　至于那些光究竟是怎样的，我实在没把握能说明白。

　　握着我的手说"谢谢"的叔父的脸上和我见到的很多死者的脸上，都微弱而虚浮地映着晚霞般的残照。

　　生命与死亡相遇，展开殊死搏斗，难道在生与死最终达成和解的一瞬，总会出现这种不可思议的光的现象吗？

也许，在人最终接纳死的一刹那，某种神秘的变化便骤然发生了。

Cherry on a Moonlit Night, 1932
小原古邨

不知不觉间，我发现自己渐渐偏向于阅读宗教方面的书。记得当初心中充满苦闷，靠阅读《叹异抄》支撑自己走出了低谷。后来，渐渐地只要是宗教方面的书，手头一有我就拿来看。

疯狂阅读了很多书之后，我发现最能解释那种神秘之光的人是亲鸾。

亲鸾简洁明快地说："佛乃不可思议光如来也，如来即光也。"

亲鸾的主要著作是《教行信证》。

如今，这部著作成为净土真宗立教的根本依据。

打开这本书，令人印象最深刻的是第一卷的内容跟其他五卷相比，超乎寻常地短。

这是因为全书从结论写起。不仅如此，其他五卷也采用此法，就像法庭的宣判书一样，开头先用一句话呈现判决结果，接着才用长篇大论细述理由。与法然的《一枚起请文》和道元等人的说教风格相比，有学者认为《教行信证》太过冗长。其实,如果嫌长,不读全文也可以。因为亲鸾总是从结论写起。

"夫显真实之教者,则《大无量寿经》是也。"亲鸾在《教行信证》的第一卷中,首先简洁地断定,只有《大无量寿经》才是佛教真实的教义,然后引经据典,仔仔细细地说明理由。

我刚开始读《教行信证》时,感觉很多地方难以理解,于是找来好几本注解的书参阅。但我发现这些所谓的注解书,根本什么都没有解释清楚。

起初我以为是选的书不对,就找来不同作者写的注解书,不知不觉中收集了一大堆。

这些书的作者中有著名的宗教学者和佛教学者,他们都对亲鸾感到迷惑不解,有的说亲鸾的论证方法隐晦难懂,有的则认为亲鸾的论证方法太过古怪。

令学者们不解的主要是,亲鸾认为《大无量寿经》是释迦牟尼花费毕生精力创立的教理中的终极教理,但他在说明得出这一结论的理由时,其宣说的手法显然脱离常规。

亲鸾的理由是,他见到"释迦……光颜巍巍",而《大无量寿经》中描写了释迦牟尼的容颜光芒辉映,这就是证据。

《大无量寿经》中有一段是描写佛陀的弟子阿难被释尊表扬。

阿难留意到释尊这天与平日不同,浑身洋溢着欢悦,脸上闪烁着清澈的光辉,所以发问:"何故威神光光乃尔?"于是释迦牟尼称赞阿难说:"善哉阿难,所问甚快!"

亲鸾根据这个场面,认为如来呈现"光颜巍巍"的形象,以及对弟子阿难能够留心此点加以称赞，足以断定《大无量寿经》就是释迦牟尼最真实的教理。

我却对亲鸾的这种理解方法产生了说不出的感动。我确信亲鸾秉持的是有生命实证作为依据的思想。

佛教，是释迦牟尼从自己的生命实践中证悟出来的宗教，而不是一个虚构的理想或者唯心主义思想体系。如果我们不重新认识这一点，将难以理解释迦牟尼面容显现"光颜巍巍"时，与阿难对话的密意，或与此相似的"拈花微笑"[①]的禅宗故事。

我们把亲鸾视为一位大思想家，然而必须谨记，他首先是一位虔信笃行的宗教家。

如果亲鸾没有相当的宗教自信，就不可能仅凭《大无量寿经》的一段记载就断定这部经书是至真之教。

今天遗留下来的大乘佛教[②]的经典本身，都是释尊入灭两百年后才编撰而成的。

[①] 拈花微笑，释尊在灵鹫山，拈起莲花示于众人，众人皆沉默不应。唯有迦叶会其意，向释尊微笑。于是释尊就把正法眼藏等佛教真理传授给了迦叶一人。后人以此故事为以心传心体得佛法真理之妙，作为禅宗立宗的根本。

[②] 大乘，即很大的乘坐物。大乘佛教，比喻就像能够救助很多人的巨大的交通工具一样的佛教。公元前后，很多俗家佛教信徒组成的教团在各地兴起，他们与出家僧侣教团不同，称自己为"菩萨"或"求悟者"。"菩萨"此前一直是专用于描述佛陀生前故事时指代佛陀本人。俗家佛教徒认为，既然自己终将成佛，之前也应该是菩萨，于是就开始广泛使用"菩萨"这一称号。后有不少出家的僧侣也参与进来，共同创造出了《般若经》《法华经》《维摩经》《华严经》等大乘佛教经典。他们将般若的空的思想写入这些经典中，赞美永恒生命的佛陀，主张于深深的感动中体现佛陀就在自己生命当中的立场。

这些经典在流传的过程中，在各个地区被音译、意译，甚至加进不同民族文化背景下的诠释。敢于从对释迦牟尼的姿容描写入手察看教理的真实，本身就不是普通人能够接受的。因此就不难理解为什么一些佛典研究者难以接受亲鸾的做法。

亲鸾的着眼点完全与众不同。

我想，亲鸾肯定是有过与"光"接触的体验，并且因为窥见"光"的世界，才受启发完成《教行信证》。

接触过"光"，就是接触过如来佛；窥见过"光"的世界，就意味着窥见过佛的世界（净土）。我相信，亲鸾至少体验过井村医生所见的"光"，也见过高见顺遇见的"光"，而且对宫泽贤治在濒临死亡的深渊时所见的通透的天空和微风也不陌生。

我们唯有这么理解才能解开疑问。

不可思议的光现象是用理性无法解释的，如果没有亲身体验，根本无法理解。

任何宗教的教主身上都有一个共同特点，那就是在他们人生的某一个时刻，曾经与"光"相遇。

耶稣基督说"我是世界的光"。天理教[①]的中山教主和大

[①] 天理教，江户时代末期在日本农村产生的庶民性新宗教。创教者名中山美伎，是奈良县天理市一个没落地主家的主妇。她在幕藩体制崩溃的社会大环境下，身受家庭制度的重压，同时在过重的劳动、丈夫的放荡和痛失爱子，以及自己和家人的病痛等多重苦恼缠身的情况下，见到"光"现象。此教一开始受到严格压制，后从明治二十年代开始，获得大规模发展。

本教①的出口教主等人也说过"开始的时候，这里有'光'"。他们都以见到"光"为创教出发点。

亲鸾也是"光"的体验者。

就像亲鸾给这"光"起名为"不可思议光"，它不是我们凡夫俗子日常能够用肉眼得见的。神和佛都说过，这"光"是看不见的。

我实实在在地告诉你：人若不重生，就不能见神的国。

——《新约圣经·约翰福音》

我常住于此，以诸神通力，令颠倒众生，虽近而不见。

——《法华经·如来寿量品》

宫泽贤治在《春天与阿修罗》一诗中说：

那个披着蓑衣朝我看的农夫

真的看到了我？

---

① 大本教，兴起于明治末期和大正时期的教派神道。被称为"开祖"的出口直是京都府绫部一个木匠家的寡妇，在困苦生活的深渊中见到"光"现象，成为金光教系的巫婆，记录下数千册神启。后来嫁与邻村的出口王仁三郎，组织教团，被尊为圣师，开始宗教活动。后遭到镇压，最终被冠以违反社会治安法、不敬罪等名目，教主及其部属皆获刑，教主被禁止结社，教团处于瘫痪状态。

圣-埃克苏佩里在《小王子》中，借小王子之口说：

是的，家、星星和沙漠之所以美丽，是因为那些眼睛看不见的东西！

这些确实存在而肉眼看不见的东西，就是一直以来人们所称的"神"或"佛"。

亲鸾把这种"光"叫作"无碍光"，有时又称为"不可思议光"。

他还常常套用印度四世纪犍陀罗世亲命名的"尽十方无碍光如来"这一名号来解释此"光"。

此外，《大无量寿经》中还说到，"光如来"有十二种功能：无量、无边、无碍、无对、炎王、清净、欢喜、智慧、不断、难思、无称、超日月。净土真宗称之为"十二光"。

文字解释是：此光无可测量，更无边际，是通透自在之光。论其辉耀，无出其右者，乃清净而充溢喜悦之智慧之光。不可说，不可议，穷一生而不能窥其妙之光。

即使用尽世间溢美之词，也只会令人更难明了其真义，亦难以揣摩其形态。

但如果我们从《教行信证》或《叹异抄》入手，以亲鸾的言行为切入点看他描述的如来的世界，似乎能够获得他为体证过的世界勾勒的形象。

这么说是因为,这些形象与亲鸾在历史上留下的言谈举止完全一致。

即使看亲鸾言行相悖的地方,也不难发现这些言行都是从同一个方向照射而来的"光"的反射。

这无疑是"最初就有一个形象"这个起始命题,造就了其后种种。

我们总是按照自己事先描绘好的形象行动,只是浑然不自觉。与其说是"我们行动",不如说"我们在脑海里浮现的意识形象支配下行动"更确切。

举个最浅显的例子。男人会因为某个酒馆的老板娘形象不错而经常光顾,而女人则不管左脑、右脑①那一套,全凭自己的意象行事。与自己主观意象一致的就喜欢,不符的就不喜欢。但意象也不过是一种假象。有时候我们结婚,是认为找到了符合自己要求的意中人。结果在一起生活之后才发现并非如此,从而离婚,这就是假象导致了错觉。

再如那些沉迷于赛马和玩弹子球的人,即使下定决心戒赌,可赢钱时的意象一旦浮现于脑海,就会忍不住又去过把瘾。

---

① 据说人的左右脑功能不同。左脑被称为"理性脑",主司语言、逻辑、计算等,担负思考、表达的功能;右脑被称为"感性脑",主要功能是感受喜怒哀乐。这是欧美人分析的脑结构功能。

据说最近在体育界，有人采用了意象训练法，让运动员一边想象自己获胜的瞬间一边接受训练。

曾经对全世界销售人员产生影响的拿破仑·希尔，写了系列书探讨成功哲学。书中说，人只要为自己设想一个将来成功的意象，并为之锲而不舍地努力，最终肯定会成功。

按照预先设定的意象去行动的行为模式，好像不仅仅局限于人类。

如果把一只刚刚出生的小鸭子从母亲身边拿走，让它跟人或狗生活一段时间，这只鸭子一辈子都会跟在这个人或这只狗的身后。另外，我还听说过这样的事：种松树时，如果希望松树长得直，在旁边种上杉树就行了。也许松树可以被笔直生长的杉树影响。

可怕的是，有人会利用意象这种功能去控制别人。有些具有非凡魅力的政治家和宗教家，会在人们面前塑造一个美好意象，利用那些善良可欺的追随者，达到自己不可告人的目的。

总而言之，意象在很大程度上影响人的行动，这点毋庸置疑。然而即使人们面对同一对象，产生的意象也因人而异。

三岛由纪夫对死产生的意象和深泽七郎对死产生的意象就完全不同。同样是写"死"，由于他们对死产生的死亡意象的起始点不同，写出的作品也不是同一类东西。

意象其实就是一个"目的地"，是结论。行动开始之前先定下目的地，接下来决定去的方式。很少有人先定下去的方式再决定要去什么地方。

想去京都，先决定了京都这个目的地，才会去买一张到京都的车票。很少有人随便去买票，偶然发现自己到了京都。

现在的一些宗教组织看起来相当混乱，问题大概就出在这里。他们天天忙着开会讨论行动的方法，至于要去什么地方，却还没弄清楚。就是说，他们没有一个清楚的意象。

对于亲鸾什么时候写成《教行信证》，至今没有定论。但可以肯定的是，亲鸾五十多岁在常陆地区活动时就开始起草书稿，六十几岁回到京都后完成了全篇。

不管完成的年月如何，在普遍认为"人生五十年"的时代，《教行信证》可谓亲鸾历尽人生沧桑的晚年大作。亲鸾开始写作时，"真佛土""阿弥陀佛"等意象，在他的脑海中想必已经鲜活呈现，而且这些意象的真实性也已得到实证，所以他的文章全都从结论写起，再细细阐述理由。

微风轻拂,流光闪烁。抬头望天,刚才还聚集在头顶的积雨云已不知去向,只剩下青瓷色的天空透明得无限蔓延。

远空中,一道划痕般的云缕,舒展延伸。

盯着云缕看了许久,虽然没见到飞机的影子,但这一笔直的存在,足以说明飞机的确从此经过。

亲鸢给这种光起名为"不可思议光",因为每次这种光出现,总会发生不可思议的事情。

首先是人会失去对生命的执着,同时对死亡的恐惧也消失了,内心感到安宁和清净,觉得一切都可以宽恕,心中荡漾着感激万物之情。

看到这种光时,人的心自然而然就会达到这种状态。

病危之人,突然之间面色光亮柔和,说了句:"谢谢。"即使已无法开口,也会在目光中饱含谢意望向众人。遇见过这种场面的人,离开后经常会说:"唉,这个人恐怕不行了。我去探视的时候,他的脸就像佛像一样安详。"

当人不再执着于生,不再恐惧死时,就意味着人已经消除了烦恼,超越了生死;当人的内心感到安宁和清净时,就意味着涅槃了;当人觉得一切都可以宽恕时,那就是超越了善恶;而当人心中荡漾着对一切的感激时,那就是获得"回向"了。

这样理解的话,遇见这种"光"的瞬间,就意味着到达了大乘佛教要引导众生到达的最终目的。

关于这一点,亲鸾说过:"一念须臾顷,速疾超证无上正真道,故曰横超也。"亲鸾用"横超"一词来说明"光"显现的现象。

所谓"横超"就是从一旁超越。

前面说过,当人的心中荡漾着对一切的感激之情时,就是获得"回向"了。这里所说的"回向",是净土真宗教义的主干。

亲鸾在《教行信证》的开头说:"谨按净土真宗有两种回向:一者往相,二者还相。"亲鸾在此规定了净土真宗最大的特点:两种回向。

这两种回向就是亲鸾全部教义的结论,也是目的。

亲鸾教义的特别之处在于,在他以前,回向是信徒把修行累积到有足够的功德用来成佛。而亲鸾却倒过来说,回向是从佛的一方施与过来,众生是受施者。而且对佛的感激是"往相回向",而来自佛的慈悲就是"还相回向"。亲鸾认为这两种回向自动自发地同时运行,就是光如来的本愿。

因此人们概括净土真宗的特征时,称为"报恩感谢的思想"。

所谓他力本愿,就是不关人的意志行为,以如来本愿(宇宙之真理)显现的不可思议的光现象。

例如,一位癌症晚期的女士写的诗。

生死

当我自觉了
死为何物时
生命的价值
就变得无比清晰

这曾经对立的两者
如今融为一体
如此安然,不可思议

伙伴

当此身立于死亡
这一绝对平等之地

我愿宽恕所有人
无论是谁
擦肩而过的路人
也显得如此可爱
我心中充溢着一种
温暖的情思

诗的作者铃木章子女士是一位真宗僧人的妻子。她得知患了乳腺癌之后,写下了此诗。这是她与病魔搏斗四年后,即将接受死亡的瞬间的情感表达。诗还有下文:

我已经了无牵挂
生命已经充实
启介,大介,慎介
还有真弥和夫君你
你们都将成为南无阿弥陀佛
而我
将成为南无阿弥陀佛之诸身
守护着你们
我要成为佛
我要成为真弥的南无阿弥陀佛
我要成为启介的南无阿弥陀佛

我要成为大介的南无阿弥陀佛

我要成为慎介的南无阿弥陀佛

我要成为真吾你的南无阿弥陀佛

…………

我还要成为

门徒们和善缘之下的伙伴们的

南无阿弥陀佛

当你们想起我时

就口诵南无阿弥陀佛吧

每一次念诵

我都会和你们在一起

——铃木章子《被告知患上癌症之后——我的如是我闻》

诗中,母亲的爱升华为佛的爱,就是一种回向。从上面两首诗文来看,诗人完全是来自弥陀的世界,用佛的语言书写。

亲鸾称此回心现象为:由弥陀的本愿施与的真宗的回向。

亲鸾所说的回向是人对众生流露的报恩感谢之情,通过阿弥陀佛的本愿引导而自然而然产生。

事实上,净土真宗教徒的葬礼就是以感恩答谢的回向为主题,而多见于其他宗派的引导亡灵成佛的仪式,不会出现在净土真宗的葬礼上。没有引领亡灵成佛的仪式,自然就不需要引导僧,然而在净土真宗的僧侣中,竟然也有不少人,错误地把自己定位成帮助亡灵成佛的角色。

所谓的他力成佛，就是由如来施与，让人成佛，与人自己的努力没有关系。如果想帮忙就得成为如来佛。

亲鸾教义的一大内容，就是讲人死时，突遇光如来，"死即佛"。因为是遇着如来，死了之后即刻成佛，根本不需要引导僧，也不需要什么灵堂牌位、手套脚套、六文钱和手杖等所谓往生途中需用的灵具。途中不会遇到三途河和阎罗王，也不需要举办什么追思佛事为亡灵祈冥福、积阴德。因此在净土真宗的祭祀仪式中，人们不说什么"追思供养"，而称仪式为"法要"或"报恩讲"。

日本绝大多数宗教认为，人死后，灵魂会迷茫游荡。

因此人们举办各种与招魂有关的殡葬仪式，产生了一些奇风异俗，比如燃一支线香，摆灵堂设牌位，举办追思法事，等等。但亲鸾却完全否定人死后灵魂会在几天甚至几个月内到处游荡的说法。

亲鸾对"中有"思想的理解，与宫泽贤治的濒死体验有相似之处。宫泽贤治的诗《用眼睛诉说》中，脱离了肉体的"我"，飘浮在空中的时间，好像就是"中有"阶段。他从浮在空中的第三视点，能看见"自己凄惨的身体"和"美丽的蓝天"。

飘浮在空中，一边看着自己凄惨的身体（现世），一边飞向通透的天空（净土），整个过程中没有"死"。

一提到死后世界，人们就会和尸体、灵魂联想在一起，这些都是身处凄惨世界里的人关心的事情，而对于死者来说，他们只需要通过吹着清凉微风的世界去往通透空明的净土。

这个过程中没有"死"，我们称之为"往生"。

对释迦牟尼和亲鸾来说，不存在什么灵魂和死后的世界。

就连"死"都不存在，有的只是"大涅槃"。人死后确实会剩下肉体，但那是人已经起程去往光的世界（真佛土）后，留下的类似于蝉蜕的空壳。

释迦牟尼说，死后的身体让俗世之人随意处置即可。亲鸾说："当我闭眼之后，请把我的身体扔进贺茂河里喂鱼。"他们都把尸身视作蜕后的空壳。

反过来说，如果一个人把自己死后的身体看作蜕后空壳，他就是一个彻悟者。

释迦牟尼所讲的佛教教义，全部与实践结合显示出意义，而对于那些与实践无关的形而上学的问题，他都不曾做出回答。

亲鸾也坚守着这个信念，是个虔诚的求道者。

因此，亲鸾对"净土""正定聚"[①]（菩萨）的意象描绘，都没有偏离可能求证的真实范围。

由释迦牟尼示现人间到亲鸾出现的这段时间里，佛教的主

---

① 正定聚，注定可以修成涅槃果的人。本书中，与注定可以成佛的"菩萨"一起使用，含义相同。

流思想都认为，菩萨的位置是要经过艰难困苦的修行才能达到，是仅次于佛的最高位置。

但亲鸾认为，人在生命的最后一刻面对死亡并欲接受它时（打算念佛的时刻），自然就会获得"无碍光"的迎接，此"光"让人在顷刻之间成为"正定聚"，最终必然会成佛。

在比叡山延历寺修行的僧侣，指责亲鸾有关"无碍光"的教义为错误教义，对亲鸾的追随者进行打压迫害。究其原因，不过是难以接受其教义中倡导的不用辛苦修行就能成为正定聚（菩萨）的说法。

按照世间常理来看，也的确如此。圣道门①主张的只有经过严格修行的人才能最终达到最高位置的说法，显然更有说服力；而亲鸾倡导的只需念佛就能修成正定聚，显得不那么令人信服。

站在那些苦修的僧徒的立场上看，亲鸾是把菩萨的位置给贱价出售了，他们当然会生气。

亲鸾确信任何人都无一例外地可以遇见"无碍且不可思议的光"，他对阿弥陀的信仰就源于此。何况他在比叡山上二十年，早已见多了那些僧徒不伦不类的修行，他们所受的苦远远不如老百姓生活的苦。

---

① 圣道门，与相信阿弥陀佛的誓约、凭誓约于死后往生净土得悟的"净土门"相对，宣扬靠自力修行于现世得悟。唐朝僧人道绰把释迦牟尼的教义加以分类，在著作《安乐集》中阐述了这种分类法。

就像九十九摄氏度的水不会沸腾一样，不经受百分之百的至死苦修，就不可能见到"光"，所以那些马马虎虎的修行根本毫无意义。

更加不妙的是，即使进行了至死苦修，但绝大多数人在死亡的瞬间就会变为"死即佛"，那么苦苦修行到底是为了什么？这样看来，圣道门的修行就伴随着相当大的赌博成分。

事实是，有些僧徒一边马马虎虎地修行，一边却摆出悟道者的面孔，竟然去担当引领亡灵成佛的角色。

这种情形从八百年前亲鸾的时代至今，基本上没有什么改变。

正定聚也分很多种，然而这并不是要分出优劣高下。每一个正定聚都是菩萨，但是他们中间有成为正定聚后一分钟就死（成佛）了的，有像我叔父那样六个小时之后死去的，也有像宫泽贤治和高见顺那样又活了一年的。然而更多的普通人，病倒之后就走完了人生旅途。

特别是现今的社会，人们直到咽下最后一口气之前还执着于生命的维持，根本不愿意平静地接受死亡，所以进入菩萨状态后基本没有时间继续生命。更何况围在身边的亲友都只承认"生"的价值而视"死"为恶，还有以延续生命为第一要务的医护人员，都倾向于支持选择"生"，而不给病人凝视死亡好整以暇的时间。很多人没能在活着时获得安宁就直接成为"死即佛"了。

不过还好,他们死后呈现的安详遗容告诉我们,他们已经安就佛位了。

亲鸾曾写下一首诗:

深深大寂定
如来光颜妙
阿难之慧见
赞问斯慧义

从这首"和赞"诗可以看出,亲鸾好像就是阿难,感受到了佛的赞誉。于此,释迦牟尼与阿弥陀佛一起,"佛佛相念"连成一体,即进入"大寂定"(涅槃)状态。这种状态下释迦牟尼说的话自然是如来的真实,亲鸾这才断定,说《大无量寿经》是如来的真实教义。

亲鸾所有的教义思想都凝聚在释迦牟尼巍巍光颜的光辉里。

喜庆的气氛"中位"就行　我的新春佳节

这是小林一茶在文政二年（1819年）正月时的迎春之作。

要读懂这段话，必须先弄懂"中位"的意思。

这个信州地区的方言词语，含有"含混不清""马马虎虎""模棱两可"等意思。但是只知道字面意思还不够，此话还有前文：

千风一吹就起舞　废品商家的破烂儿　既然身为废品商　索性连门松也不装饰了　熏黑的煤烟也不清扫了　就像积了雪的崎岖山路　今年春天依然　一切都托付给你

前文是这样的，所以"一切都托付给你"这句话才是最重要的。这里所说的"一切都托付给你",其实就是把一切都托付给阿弥陀佛。

我已经把一切托付给阿弥陀佛了,就不再洒扫屋子、装饰门松,而以最自然的状态迎接新年。所以一开始引的那段话的意思就是,新年究竟是否值得庆贺已经不得而知。

就拿我来说,既不能像阿蒂尔·兰波①那样,追求成为永恒诗人的梦想,也不能像他那样抛却诗人的身份摇身一变成为商人在现实世界里生存。我这样的人,只能拥有"中位"(含混不清、模棱两可)的人生。

法国诗人艾吕雅曾说过:"如果人必须在不可以拥有自己的时间里死去,那么最先死去的必定是诗人。"

这句话含有一定意义的真实。

如果说神和佛是"光",基督耶稣和释迦牟尼是"光"的嫡子,那么诗人也许就是"光"的私生子,是一类时运不济的存在。

身为贵人(光如来)的私生子,命中注定从小就要离开父母身边,一生隐埋于市井之间,不得亮明身份。

诗人,就是这么一群可悲的人。

---

① 阿蒂尔·兰波(1854—1891),法国诗人。著名的诗歌《醉舟》是他十七岁时的作品。其创作生涯仅限于十五岁至十九岁。此后以商人的身份走遍世界各地,三十七岁去世。

就像非雪非雨的雪雨，诗人不是悟道的智者，也非普通的凡夫俗子。

亲鸾也曾经感到自己的存在有点模棱两可，既不是僧侣，又不是俗家人，而是一种含混不清的存在，所以自称"愚秃亲鸾"。亲鸾坦诚地描述自己不伦不类的形象：

我愚秃亲鸾，实在无药可救
沉没于爱欲的海洋里
迷惑于名利的大山中
悉属"正定聚"之数却不欣喜
靠近真证之证亦不愉悦
可耻啊！可痛啊！

的确，如此亲鸾，诚实而可悲。

不仅亲鸾，道元和良宽也是伟大的善人，同时也都是诗人。

我早前就一直纳闷，诗人为什么要诞生在这个世上。

父亲去世、母亲出走时，我尚年幼。从那时起，我经常独自地坐在后院的仓库前，靠在白色的墙壁上，凝望夕阳，久久沉思，感到诗人这个存在无比奇妙。

最近我经常想，一个诗人的诞生，可能与他年幼时接触过"不可思议光"有关。

因为我发现世间的诗人的日常生活与他们的诗篇完全相反,他们生活在毫无美的地方,他们的人生也根本与幸福无缘。

我还发现,诗人的人生模式基本相同。

首先是诗人无一例外地都不执着于物欲,虽手无缚鸡之力却老想帮助别人,替别人着想。他们总是在激烈的生存竞争中败下阵来,虽然怀着对纯粹美好的事物的憧憬,却沉溺于爱欲和酒精之中,丑态百出。他们虽然总是面对死亡,但有时候却又异常执着于生命。

诗人的文字激扬,但行动上却怠惰简慢,大都过着被世人离弃的生活。

我一直不解诗人为什么会沿着如此悲惨的生活轨道行走,后来想到,莫不是与那不可思议的光有关?

一旦他们遭遇了那样的"光",对生的执着之念就会变得薄弱,同时对死的恐惧也变得淡薄,心情变得安宁清净,能够宽容一切,心中满是对他人的关怀,身心洋溢着对一切人和事物的感恩之情。

处于这种状态下的人,在佛教里称为"菩萨"。

圣道门的修行僧就是把成为这样的菩萨当作修行的最终目标而辛苦努力。然而在生存竞争日益激烈的现实世界中,怀揣菩萨心肠度世基本上是不可能的。

所谓菩萨心肠的关怀,是要完全站在对方的立场上。

站在牛的立场上,就不可能去吃牛排。站在一切生灵的立场上的人,不可能杀死任何生灵。

从事农耕时,铁锹也许会误杀一只虫子。所谓危害稻穗的害虫和害鸟,不过是人们按照自己的利益,强加给虫和鸟的符号而已。

鱼儿

海里的鱼儿好可怜

稻米是人们耕种的
牛是牧民们饲养的
鲤鱼在池塘里得到饲料

然而海中的鱼儿
没从人类得到任何恩惠
也没给我们任何伤害
却要被我们吃掉

鱼儿真的好可怜啊

——《金子美铃全集》第一卷

大正（1912—1926）末期，只活到二十六岁的天才童谣诗人金子美铃①的所见所感，显露了她的菩萨之心。

一个生命为了生存，就不得不牺牲其他生命。在这种生存的规律下，菩萨拥有肉身而且还要维持肉身的生命，根本是不可能的事情。

所谓"布施"就是为了让修行菩萨道的僧侣维持生命而进行的无偿的供食行为。

释迦牟尼在菩提树下修行，生命即将达到极限之时，一个素不相识的少女施与他一杯牛奶，这恐怕就是最早的布施。

亲鸾越是了解菩萨是怎么回事，就越清楚自己根本修不了菩萨道。如果他硬是认为自己能行，哪怕就一刹那，也是在欺骗自己。更何况让他像圣道门的僧徒那样去苦修，最终获得彻悟，简直不可想象。即便释迦牟尼，不也因为苦修而差点死去吗？

然而只要顺遂法然的教义，相信"不可思议光"就行了。只要做一个相信"不可思议光"的凡夫俗子就行了。亲鸾就这样选择做个凡人，诚实坦然地活着。

---

① 金子美铃（1903—1930），出生于日本山口县，天才诗人，曾经被称赞为"年轻的童谣诗人巨星"，二十六岁早逝。

如果像宫泽贤治的《风雨无阻》①所说的那样，怀着一颗大爱之心，就无法在这世上生存下去。

也有一些诗人，凭着一点温情，下决心要封妻荫子，毅然到实业界打拼，这种错误的决定最终会以给人徒增烦扰收场。

诗人如果不想给别人添麻烦，最好的方法就是当乞丐，或是运气奇佳，得到一个有生活能力和才干的女子的青睐。

事情为什么会这样呢？因为光如来的本愿是让人修成"正定聚"并随即成佛，在这个大前提下，如来的本愿中不存在后退的可能性。

简单来说，就是一个人一旦见到了佛光，佛就绝对不会弃之于不顾。诗人不论遭遇怎样的人生，他们的灵魂是不会消失的。菩萨般的诗人宫泽贤治活着时，不论干什么都因饱受挫折而半途而废。如果他不是依靠家产丰厚且心地善良的父母，恐怕连当个乞丐都不会成功。

但事实上，事情却会以各种各样的情形发生。

---

① 《风雨无阻》，宫泽贤治遗诗，生前未发表。关于此诗的理解见仁见智，我认为这首诗最好地表现了诗人柔弱的形象，读来令人心碎。"不怕雨／不怕风／不怕冬雪和夏暑／我拥有结实的身体。"宫泽贤治在病床上写下这样的诗句，时年三十五岁，两年后去世。诗的下文为"我总是安静地微笑着／一天用四合糙米饭／几匙味噌少许蔬菜"。这情景让人想起良宽。良宽请人在寺庙里搭建一座草庵，每天只吃糙米五合，"总是安静地微笑着"坐在"五合庵"里。良宽过这种生活，原本是败了"斗殴和诉讼"，散尽家财的结果。真正的诗人拥有优秀资质，在现实红尘中却只能如此生活："有阳光的时候我流着眼泪／寒冷的夏日我慢吞吞地走去／人们都叫我'木偶和尚'。"

有些人虽然见到了光,却并没有在光的包围中往生,而是仅仅见到这"光"后又回到现世来。今天,人们称这种情况为"濒死体验"。

根据经历过"濒死体验"的人的描述,他们几乎都有一个共同点,就是在一瞬间好像进入了一条黑暗的隧道,随即就发现自己已经到了一个明亮的光的世界。

他们还会在这明亮的光中看见已故的父亲、祖母,或见到阿弥陀佛(像)。

欧洲地区的"濒死体验"者则会看见圣母马利亚或十字架,有时还有蝴蝶飞舞的花田。

这些现象因人而异,但有一点是共通的:他们都见到了"光"的世界。

还有一件事情是"濒死体验"者都会提到的,他们有过这次体验后,就不再觉得"死"是一件可怕的事情了,这一点值得深思。

诗人未必都是"濒死体验"的经历者。也许可以这么说,如果沐浴过"真如之光"的人是菩萨,那么诗人顶多就是一类见过微弱的"光"的残照的人。

人在幼年时代如果经历过生死攸关的事件,对于这个人来说,可能会产生与见到"光"现象同样的效果。这些事件中最为典型的,要数与父母的生离死别。

动物世界里,幼崽与父母离别就意味着死亡。因为对于它们来说，吃不到母乳就是断绝了食物来源，没有父母保护就会成为其他动物的美餐。

像源信、法然、明惠、道元、一遍①、亲鸾等高僧，无一例外都在十岁之前与父母分离。莲如也在很小的时候离开了母亲。这种幼年时期遭遇的悲惨之光，伴随他们的一生，并对他们的人生造成很大的影响。

今天威胁人类生命的疾病要数癌症和艾滋病，而在过去要命的则是肺结核。

在明治、大正、昭和时期，由于政府实施"富国强兵"的政策，年轻人大多被迫超负荷劳动，他们中很多体质衰弱的人患上肺结核，被推到死亡线上。

然而把更多人推上死亡线的还有战争。上战场的人很多，大多数人会暗存一丝侥幸心理，认为自己也许可以幸免一死。所以直到被致命的子弹击中气绝的瞬间，才可能与"光"现象

---

① 源信（942—1017），平安时代天台宗高僧，幼时丧父，进比叡山，成为比叡山惠心院的僧都（管理僧人的高级僧官），著有《往生要集》。法然（1133—1212），净土宗开宗祖师，八岁时父亲暴死，此后出家，主张执信阿弥陀佛的本愿并念诵佛号即刻获得普度，后亲鸾忠实地遵守并发扬了法然的教理。明惠（1173—1232），华严宗高僧，八岁丧父母，十岁出家，反驳法然的教理，著有《摧邪轮》。道元（1200—1253），日本曹洞宗开宗祖师，三岁丧父，八岁丧母，感叹人世无常，十三岁出家，后修建永平寺，所著《正法眼藏》，对后世的宗教哲学和思想文化产生了很大的影响。一遍（1239—1289），时宗开宗祖师，幼时修习天台之学，十岁丧母，出家，走遍日本全国，其跳舞念佛的行脚僧形象广为人知。

邂逅。比死在炮弹横飞的战场还要残酷的是，被迫死守在战争前线节节败退的残兵和被关在奥斯威辛集中营里的人，他们在那里认识并直面死亡。

这里所说的直面死亡，并不是说他们有时间考虑或认识"死"的问题，而是被迫果断地选择自己是否全盘接受死亡的一瞬间而已。

这样看来，造就诗人的因素虽有种种，但起关键作用的恐怕要数年幼时期与生身父母的别离、因伤别离而遇见"光"现象并与这种"光"终身相伴的情形。以往的诗人遭遇的不幸中，有人是父母离婚，有人是家业衰败，有人则是家人离散。其中很多诗人就是拥有古老血统的没落贵族的后裔。

除此之外还有其他情况，比如在青年时代因患结核病或艾滋病而与死亡打过照面，参加敢死队却侥幸生还，队友都战死而自己却能独活，刻骨铭心的恋爱却以失恋告终，满腔热情参加社会运动却遭遇失败，干事业却落得破产，如此种种。有时候祸不单行，当不幸接踵而至时，这种"光"也就越加明亮。

这些人中还有一个共同点，当他们历尽苦厄眼看着生命就要迎来柳暗花明时，死神却悄悄降临。

于是生与死相遇相搏，在一瞬间放射出光芒。所谓诗人，便是沐浴了这种"生死"光芒后诞生的。

在这种情况下诞生的诗人，日后应该学习诗歌、音乐、绘画、小说等，具备各种艺术修养，选择走一条务虚的人生道路。然而不论自己多么想走这条务虚之路,周围的人总要反对。有些诗人迫于此等压力,改入并不擅长的实业界,身无长物却要遵循世俗人伦,为养活妻儿而陷于迷途。

这个结局是违背光如来的本愿的,所以他们越是努力打拼,就越是泥足深陷,最终成为他人和社会的包袱,心灰意冷之余还被世人遗弃。

像宫泽贤治那样,不论干什么,最后父母总会出面为他收拾烂摊子,而他本人却因为参悟了《法华经》而成了行走在菩萨道上的诗人,世所罕有。这个世间有很多诗人,并没有这么幸运。他们不能专心写诗,被迫涉足其他事情而又百事不成,虽然都是无心之过却给人添了无尽的麻烦。

还有更多的人,只因偶然遇过微弱的"光"现象,后半生就备受折磨,人生错乱,颠三倒四,痛不欲生,在不明所以之中了却残生。

今天的科学领域里，分子生物学和医学取得了令人瞠目结舌的发展。据说，科学家研究发现，包括人在内的所有生命体将要死亡的时候，脑细胞会分泌出一种类似吗啡的生物化学物质（内啡肽）。

这种生物化学物质有镇痛的作用，还能让生物体产生快感，在临死的生命体中产生一种调节体系，帮助其解除原先想象的对于死的不安和痛苦。

有学者猜测，死者呈现安详的遗容，可能就是内啡肽的效果。

如今科学发展的程度，看起来好像远远超越了哲学和宗教。但这仅仅是因为哲学和宗教的发展停滞不前。其实科学研究能解决的不过是微乎其微的问题，远不可能超越哲学和宗教。

然而可以肯定的是，今后科学的发展还会突飞猛进，将来某一天,很可能会出现一篇题为《开悟之生化机械论》的论文,阐述"灭却心头火自凉"的原理,证明能在熊熊烈火中坐禅,不过是内啡肽发挥作用的现象而已。

DNA遗传基因的研究证明了遗传基因不灭不绝,也许今后它还能揭示生命是如何反复生成和消失的过程,从而可以用分子理论论证佛教的轮回转世思想。

也许终有一天,科学还能够解释阿弥陀佛是怎么一回事。

也许一种宗教能否在历史上留下痕迹,取决于其能否经得起科学的推敲。

宗教可能对科学粗暴地闯进自己的神圣殿堂有所不满,但在责备科学的无礼之前,宗教必须先把迷信和虚构的东西从自身中清除出去,成为经得起科学考证的思想体系。

爱因斯坦曾经说过:"不符合科学的宗教是盲目的,没有宗教的科学是危险的。"

我们不应只看"没有宗教的科学是危险的"甚合我意,所有与宗教有关的人士都还应该先品味一下"不符合科学的宗教是盲目的"的深刻含义。

显而易见,科学如果了解到自身的局限,终归会全身而退。然而事实是,今天的科学已经发展到超乎我们想象力的遥远领域。

被誉为量子物理学之父的埃尔温·薛定谔[①]说过："主体与客体就是一体。物理学的研究成果并没有破坏两者之间的界限，因为两者之间原本不存在界限。"

也就是说，一些处于科学研究最前沿的科学家已经开始认为这个世界原本"一如"了。

理科教科书上开始教授关于夸克、轻子（构成电子、中微子等的极小的基本粒子）时，我还担心，这样下去的话，认为地、水、火、风、空五大元素的轮回流转生成宇宙万象的佛教思想是否仍站得住脚。

分子生物学家认为，生命的诞生并不需要造物主，也无神秘可言。他们相信不久的将来可以在实验室内制造出生命。天文物理学家则已经着手编写涵盖宇宙的发生和描述宇宙整体的理论巨著。

就像当年害怕伽利略提出的地动说那样，今天的天主教教会也很担心那些要揭示宇宙诞生之谜的科学研究成果。

宇宙膨胀说认为现在的宇宙是距今大约一百五十亿年前的某个瞬间的大爆炸的产物，并认定膨胀仍将持续。在没有出现其他更有说服力的理论时，一九五一年，罗马教皇庇护十二世在梵蒂冈教皇科学院的"教皇告谕"中做了如下宣言：

[①] 埃尔温·薛定谔（1887—1961），奥地利物理学家，被誉为"量子物理学之父"。1933年因"发现了在原子理论里很有用的新形式"获得诺贝尔物理学奖。

当今的科学,成功地回溯至数百万世纪之前,证明了神最初创世纪时发出了"光"。

在那最初的重要瞬间,光和辐射之海与物质一起从虚无中爆发出来,化学元素的粒子分裂解体形成数百万银河……

而且不是在仅限于借助解说的情况下瞥见了宇宙的进化,而是追根溯源,证实了宇宙起始于一百亿至一百五十亿年之前。

由此,一个基于物理学求证的确切结论,确认了宇宙的偶然性,找出了宇宙是由造物主之手创造的时代根据。

由此可见,造物主存在。

由此可见,天主存在。

——罗伯特·贾斯特罗《谁创造了宇宙》

然而到了一九七〇年,宇宙膨胀理论开始受到质疑,梵蒂冈教皇在接见坐在轮椅上的物理学家史蒂芬·霍金[①]的时候,说了这样的话:

你们研究"大爆炸"之后的宇宙动向非常值得赞赏,但探究"大爆炸"本身却并不恰当。我这样说,是因为大爆炸是"创世"的瞬间,是属于天主的工作。

---

① 史蒂芬·霍金(1942—2018),生于英国,著名物理学家,因患肌肉萎缩性侧索硬化症,后半生离不开轮椅,著有《时间简史》等。

然而科学的发展并不理会宗教做出的要求。罗马教皇为"宇宙膨胀说"的出现而欣喜，认为它证明了"天主存在"，可这个学说却因为科学家提出的新的假说而变得摇摆不安。科学家认为，充满了宇宙的中微子这种辐射光是可以量度的。从理论上说，如果这种中微子可以量度，哪怕只有电子的几十万分之一，也说明宇宙的膨胀在某个时间会停止，从而转向收缩。这样的话，"宇宙振动说"就占上风了。这对于罗马教皇来说，不是什么好消息。如果宇宙没有起点也没有终点，只是重复生成和灭亡的运动，那么造物主就没有出现的必要性了。

对于相信自己身处三界轮回之中的我们来说，也希望从宗教中找到绝对不变的依靠。

如果我们崇拜的对象会湮灭，或是被改头换面，那将使我们不能再信仰什么。信仰是要求绝对性的。

任何一种宗教，一旦被教团化，即使它向信众宣传信仰的"方便"已经变得不合时宜，也仍是不让碰触的，甚至成为一种禁忌，就像罗马教皇说的"不可以再对大爆炸本身进行探究"。

在这方面，亲鸾做得很聪明。

释迦牟尼把"万物存在于宇宙全体的相互依存性"这个"缘起说"定位为佛教理论的中心，去除了当时婆罗门教团倡导的教义中的不合理成分,以及相信灵魂实际存在的思想,从而成就了独特的"无我"思想。亲鸾还把"光如来"定为释尊宣扬的佛法中心,从无数的佛典中选择记载释迦牟尼出现"光颜巍巍"姿容的《大无量寿经》为佛教最真的教义,高度赞誉了那些承认"光如来"实际存在的历代高僧,如龙树、世亲、昙鸾、道绰、善导、源信、法然等,毫不客气地摒弃了对佛法的迷信和不合理的地方,甚至还把佛经中历代相传的念诵法加以更改,为的就是能够把佛陀的真意反映出来。

亲鸾在《自然法尔章》中说:

能被称为无上佛的,必超越于无相。因其无相故曰自然。若佛现于形相时,此佛便不能被称为"无上涅槃"。无上佛既无相,却可让我等知其存在,则须听闻阿弥陀名号。

阿弥陀将晓吾等以"自然"。吾等心中得此道理后,于自然,便不必常去理会。

倘若常究"自然",则为以无义为义,犹可有义。

亲鸾一边说"不必常去理会",一边还把偶像化了的东西彻底破坏,甚至把阿弥陀佛本身当作"料"("方便")来定义。

阿弥陀佛的"光"可不像蜡烛的光或太阳光那样,可以被肉眼所见。

这种"光"也不是人们站在富士山或立山顶山虔诚迎求

的美丽庄严的日出之第一道霞光,更不是过去曾经有狂热的念佛信徒为追逐西方净土投水而死的大阪湾水面上映照的夕阳余晖。

亲鸾把这种光叫作"超日月光",也就是说,这种光既非日光,亦非月光,而是超越了太阳和月亮的光辉的永恒的"光"。

根据科学家的计算,太阳上的氢气可供燃烧约六十亿年。这就是说,太阳也不是永恒的。在太阳燃烧殆尽的那一天,想必地球上的生物也早已灭绝。

佛经上说,在释迦牟尼入灭五十六亿七千万年之后,弥勒菩萨会现身于世。那时应该就是地球上的生物即将灭绝的时期,也许弥勒菩萨的出现就是来救助万物众生的。

"不可思议光",无边无际,不可测知,能够穿透一切。我们看不见摸不着它,而它却与永恒同在。我们可以想象,这光来自遥远的永恒,却也恒常地包围着我们,一刻不停地照耀一切。

正当我对这种"光"是否真的存在心存疑虑时,有一天(确切地说应该是一九八七年二月二十三日),在我家旁流过的神通川上游,设立在神冈矿山茂住矿地下一千米的东京大学宇宙线研究所内,发生了一件令世界各国天文学家和物理学家震惊的大事件。

研究所发布了一则消息,宣称监测到了一种既非光亦非光子、既无形亦无相、能够穿透一切物体的神秘的粒子，从十六万光年之外飞越时空而来，横穿地球后又飞入宇宙。这种神秘的粒子，被称为中微子，其存在早已经被理论证实了，却从来没有人看到过它。

我对中微子感兴趣，是因为这则报道上提到它的一个特征：这种物质只在宇宙中星星死亡的瞬间产生。

据说在一颗星球"临终"之际，因重力被打破而释放出巨大的能量。这巨大能量的百分之九十九都随着这种中微子飞往宇宙，剩下的百分之一转化为冲击波，使星球发生爆炸，这就是星球迎接死亡的方式。

然而一颗超新星却因此诞生，重新放出光芒。中微子则以近光速飞向遥远的宇宙空间。

比如发生于大麦哲伦星云上的情况就是如此。从超新星"1987A"中飞出来的中微子以无限接近光速的速度经过十六万光年的飞行，于一九八七年二月二十三日到达南半球，并横穿地球，飞入无穷无尽的宇宙。据说在这次飞行中，每平方厘米平均承受一百零六亿个中微子，也即在这一瞬间，每个人身上平均有十兆个中微子通过。它们无可阻碍，无可测知，无边无际，无形无相，从我们的身体穿透而过。

值得注意的是，中微子都是在宇宙大爆炸或超新星爆发时，在宇宙或星球的生与死无限接近的一刹那出现的。

也就是说，当一颗星球临死时，中微子以光速冲飞而出，而就在下一个瞬间,组成星球的物质发生爆炸,星球迎来死亡,最后在爆发后的残骸中,又会诞生一颗新的星球。

太阳和地球,以及地球上的生物,都是从远古时代爆炸而亡的很多星球遗留下来的残骸物质中重生出来的。

人类的出生既然是这样的情形,那么在我们生死瞬间发生的现象就与星球的爆炸酷似。回归本能和复制本能,会引导我们无休无止地去探究生命的起源、太阳系的诞生以及宇宙的生成。我们会像鲑鱼溯流而上般探索孕育了人类的母胎根源。

在宇宙诞生的瞬间,乃是一片无限延伸的"光的海洋"。

In a Temple Yard, 1935
吉田博

据说原生生物是不会死的,它们通过单纯的分裂而增殖,分裂的过程中并不会留下任何相当于死尸的物质。

人们认为原生生物的这种衍生方式更加符合自然天意,而高等生物的自然死亡,则说明是过于复杂的进化导致有机体不能完全统合自己的机体,从而产生的一种附带现象。

也就是说,死亡现象的发生,是有机体进化得过于复杂才产生的不完全性结果。

人类是生物中最复杂的生命体,然而也是与自然天意相去最远的生命体。如果人类想寻求超越生死达到完全的统合,恐怕只有借助于如来的佛力了。

"如来"一词,是梵语,意思是"从真如而来"。而"真如"乃是指万物之本质、不变之真理。

所谓"只能借助于如来的佛力",用法然和亲鸾的话来说,就是"只能依靠南无不可思议光"。

现代人一直把"生"置于绝对信仰的位置，而视"死"为恶、为嫌弃禁忌的对象，当作应该排除的事物，把葬礼等与死相关的事物，仅仅看作与生活无关的非正常事件。

在这样的时代，宗教向人们宣讲"死"是行不通的，因此只能讲现实利益。然而即使靠拼命宣讲现实利益而获得成效，也只维持到昭和四十年（1965年）。后来，即使不听信宗教的现实利益说教，国民生产总值和平均寿命也一个劲儿地上升，人们就渐渐不再理会宗教的说教了。

如今的现状是，"死亡"由医生宣布，"死尸"由殡仪馆收殓，"死者"由亲人们来怀念，而僧侣尽量不去面对"死亡、死尸和死者"，只是数数在葬礼中获得的酬金而已。如果这种状况不改变，想对宗教抱以期望也是徒劳。

自从宗教不能亲临现场宣讲"生"与"死"的那日起，宗教就失去了生命力，日益走上衰败之路，这也是意料中的事情。

当今社会，不管哪行哪业，大家重视的不都是亲临现场所得的智慧吗？仅仅把古圣先贤的知识弄个通透，仍令人担心。如果宗教是对活着的人起到作用，宗教本身也应该充满活力才行。好在近年来，人们终于意识到，只看重"生"的价值可能引起很多思想方面的问题，特别是社会日渐步入前所未有的人口老龄化时代，再不行动起来，可能就要出大问题。

有一些既存宗教团体，已经开始在罹患癌症、艾滋病等患者中，开展安宁疗护活动①。宗教团体介入"死"第一线的趋势日渐明显。

对于那些长年错失目标、靠重复教条谋生过活的僧侣来说，最难为情的，恐怕是面对病床上的临死之人却只能搬弄佛典的解释和兜售廉价的善意。他们发现在这种活动中，自己百无一用。

美国精神科医生库伯勒-罗斯②女士积累了很多临床经验，她认为"最能使绝症晚期病人感到安慰的是有一个拥有战胜死亡经验的人陪在身边"。

也就是说，唯一可以让胆战心惊地面临死亡的绝症晚期患者感到安心的，只能是给他们安排一个曾经更近距离地接触过死亡的人，其他种种根本不起作用。即使是最善意、最体贴的安慰之词，对于患者来说，更多的时候反而会增加他们的精神负担。

他们身边如果有一个接近于"菩萨"的人，会更有效果。

人们总是信赖那些与自己有相同体验、稍稍走在前面的人。

---

① 安宁疗护（Vihara）活动，"Vihara"一词来自梵语，是安住、安宁、僧院的意思。相对于基督教提出的"临终关怀"，这是佛教教徒提出的以佛教介入生命末期的疗护为目的的活动。昭和六十二年（1987年），本愿寺教团创立了"安宁疗护实践活动研究会"。
② 库伯勒-罗斯（1926—2004），著名临终关怀作家、医学教授，代表作《死亡瞬间》。

长野善光寺的大殿下面,修筑了一条漆黑的地下通道。行走于其间时,走在前面而且触手可及的人才最值得信赖。只要有这样的人在前面,我们就可以放心地移步。

佛陀已经走到离我们太远的地方了。而亲鸾很幸运,因为在他前面不远处,就是良师法然。

对于绝症患者来说,鼓励的话听起来很残酷,善意的安慰只能传达悲哀,讲经说教都已多余。

他们需要的,仅仅是一个眼眸澄澈如晴空、温柔通透如微风的人陪在身边。

芒草摇曳发光,河床上的小石子如水晶般闪亮,河面像一条光的丝带流淌着。

树木、星星、电线杆都像磷光一般闪烁。

"银河铁道号"列车,就在这样的世界里疾驰。

宫泽贤治的《银河铁道之夜》[①]的光景描写,与井村医生被告知癌细胞已经扩散之后,在自家公寓前的停车场里所见的光景如出一辙。

……世间一片光明。那些去超市购物的人身上看上去闪烁

[①]《银河铁道之夜》,宫泽贤治著。后文截取的博士和乔班尼的对话,参照了新潮社版《日本诗人全集》中草野心平编写的《宫泽贤治》、筑摩文库的《宫泽贤治全集》等。书曾经几易其稿,特别是临终的部分,更是多次修改,在第四稿终稿之中,"声音像大提琴声"的博士的话,基本上都被删除了。

着光辉。那些四处玩耍的孩子身上也闪烁着光辉。那些狗，甚至垂首的稻穗，还有杂草、电线杆、小石块……都闪烁着光辉……

这种周围的一切都被"光"包围的情景，一般人不可能看得见。

但亲鸾说了，看不见也没关系。还说，即使看不见也请你相信那"不可思议光"的存在。

极重恶人唯称佛，
我亦在彼摄取中。
烦恼障眼虽不见，
大悲无倦常照我。

——亲鸾《正信偈》

这首偈语的意思是：万恶不赦的人们都在这"光"的包围中。现在仅仅是被烦恼遮挡视而不见。然而那大慈大悲的"光"却永远闪耀，今后亦将继续照耀着我们。所以，我们口诵佛号就行。

我在从事汤灌和纳棺工作时，曾有过我和尸体被光环包围的奇妙体验。我还见过蛆虫发光，并为见到豆娘虫卵发光欣喜落泪。

生命之光如此脆弱，就如我们攀爬在一条螺旋状的没有尽头的欲望阶梯，忽然间阶梯倒塌，我们头朝下坠落一刹那看到的东西。又比如在被战火烧焦了的旷野里，忽然见到的一朵小花。

那一刻，"生"与"死"交错重叠般接近，不可思议的光就在眼前，如流星般闪耀。

而如今，我再次堕落，活在欲望和自私之中。曾经遇见过的"光"再也没有在我眼前出现，我沉迷于爱欲，迷失于名利，拖着被玷污的身体活在肮脏的世界里。

只要心中对欲望和自私还有留恋，那"光"就不会在我们眼前出现。

亲鸾说："所谓回心者，翻转自力之心，并抛弃之也。"他的意思是让我们抛弃自我。

道元也在《正法眼藏》的"生死"一章中说："将身心放下忘掉，皈依佛门，把全部交托于佛。如果你这样做了，无须用力，亦无须用心，便可越过生死成佛。"道元强调说，最后关头得舍弃自我。

人的欲望和自私之念是如此可怕，就连那"不可思议光"之本质的真、善、美的世界都会轻而易举地被其践踏。

如果一个集团被这些贪欲操纵，将更加可怕。一个国家一旦被私欲支配，就会酿成战争；一种文化如果太主张自我，也会引起战争；一种宗教如果太主张自我，当然也会导致战争。

光如来会把我们提升到一个对万物众生都充满关怀和感激的满溢状态。如果我们皆处于这种状态,就不会发生战争。

今天的人类,用尽科学手段寻求这种光。

从亚里士多德到康德的哲学传统,应该都是最终完成人类全部知识的统合。然而自十九世纪、二十世纪以来,科学技术突飞猛进,哲学和宗教的影响日渐微弱。如今的情形是,哲学沦落为一门类似于语言分析的学科,而宗教研究不过是忙着对前人留下的庞大的经典教义体系进行解释。

在这种情况下,科学的发展捷足先登,已达到科学家可以提出"主体和客体之间原本就不存在界限"这种理论的阶段。

甚至有科学家称:"与永恒的生命合为一体时,形成自我的界限就会消失。"

宫泽贤治在《银河铁道之夜》中写道:

我们知道水是氢气和氧气的化合物。现在已经没有人对此表示怀疑。因为如果不信,我们可以做实验证明。但是在古时候,人们众说纷纭,有的说水是由水银和盐构成的,有的则说水是由水银和硫黄构成的,争论不休。你看,人们不都争着说自己的神才是真神吗?!然而即使我们信奉不同的神,不是也会被彼此所做的事情感动得流泪吗?而且,我们有时候还会争论,我们的心究竟是善还是恶。然而我们最终还是争不出输赢。不过,如果你认真地思考并经过实验去区别哪种思想是对的，哪种思想是错的，只要把这个区别的方法定下来，信仰和化学就是一回事了。

这是故事中，教授对小主人公乔班尼说的话。说完后，教授邀请乔班尼去参观他的神秘实验。

突然，乔班尼看见自己、自己的思想、火车、教授、银河等所有东西，都在一瞬间"砰"的一声发出光芒，随即消失不见。接下来又一次"砰"地放出光，之后又什么都看不见了。然后是一刹那的闪烁，他见到浩瀚的世界无尽地展现在眼前，一切往事瞬间消失，不留半点痕迹。

教授问过乔班尼的感觉后，说：

啊，好了！这实验就是要求你把自己零零碎碎的思想从头至尾连接起来，这可不是一件容易的事。

在这里，通过故事中的教授之口，把道理讲给相当于宫泽贤治分身的乔班尼听。

宫泽贤治在这里提出了一个命题：把自己零零碎碎的思想统合成一体。

"科学"就是各"科"的学问，所谓"科"就是区分的意思。西方科学的特征，就是把模糊不清的东西区分清楚，彻底分成小的科目，然后仔仔细细地对每一小块加以研究。

明治维新以后，日本人倾注了全部精力学习西方人的做事手法，结果造就了某些科目中的一批世界顶尖科学家。然而这些细微科目之间互不关联，不论其在自己的领域如何优秀，也与人们的幸福无关。如果说有关，也仅仅是把人心搅乱，陷之于不安。

宫泽贤治认为那些零零碎碎的思想和许许多多的东西都在一瞬间"砰"地于闪亮的一点汇聚，从而有统合为一体的可能性。

于是，他借助拿到去往菩萨道车票的乔班尼之口说：

我肯定会笔直地前行，去追求真正的幸福。

笔直地前行，就是菩萨境界。这表明深信《法华经》的宫泽贤治，下定决心通过菩萨行来完成统合（一如）。

假如是亲鸾，在光"砰"地爆发的时候，他可能会说"你心中已经得此道理，关于自然，便不必常去理会"。只是他还会加上一句："请相信不可思议光。"

亲鸾认为这"不可思议光"，乃从一如世界而来，就是光如来。

他深深坚信，这种光是超越了宇宙、星球，以及地球上所有生物的生成和毁灭的永恒的存在,是来普度众生的不可思议的存在。

归命无量寿如来
南无不可思议光

……写在《入殓师》成书之后……

当我把刚刚完成的《入殓师》终稿陈于面前时，脑海中突然浮现起正冈子规的话："有人认为所谓开悟就是准备好了在任何时候都能从容地去死，这其实是错误的。真正的开悟，是在任何时候、任何情况下都能从容地活着。"

这段话收录在正冈子规的散文集《病床六尺》中，日期是明治三十五年（1902年）六月二日。在与这一篇文章标记的日期相近的文章中，到处可见这样的字眼："惨叫""号哭""痛得真是无法形容""如果可以死去，那就再好不过。然而我却死不了，也没有谁能帮帮我让我死去""难道没有任何人能帮我解除这种病痛之苦吗"。可以想象，子规的病痛是如何严重。《病床六尺》这部随笔集，子规一直坚持写到他去世前两天。

他对开悟的认识很有分量。

假如我们某一天突然被告知："你身患癌症，已是晚期。"

我们能否像子规所说的那样"从容地活着"？

我过去对禅宗阐述的开悟境界的理解也是"在任何时候都能从容地去死"，我小时候被灌输的思想也是让我"为了什么什么漂亮地去死"，所以一直追求能在任何时候都可以从容赴死的觉悟。

现在我才发现，这一切都是错的。关于"死"，活着的人无论怎么诠释，都只能是各种对"死"的似是而非的想象。

而这些想象终究是些似是而非的东西，一旦我们面对死亡，根本派不上用场。

仅仅是派不上用场也就罢了，糟糕的是有些人会因此惶恐不安甚至绝望，更有甚者为了使自己对死的理解显得合适而走向极端——自杀。

死，究竟是什么？正确地认识"死亡"，其实非常重要。

因为如果对"死"的理解差之毫厘，那么对"悟"的理解就会谬以千里，甚至会得出"从容地去死"和"从容地活下去"这样截然相反的结论。

看来，人如果想得到关于"死"的概念的真正答案，要么去直面死亡获得切身体验，要么从那些不论何时何地都能从容地活着的人（人们称这样的人为菩萨或圣人）那里获得启示。

如果一个人靠切身体验获得了关于生死的真理，那就是明白了处于漫长的永恒中的一瞬般短暂的人生是如何重要，如何宝贵，品尝到活着和能够活着的喜悦，从而让自己在任何情形下都能从容地活下去。

我想，这大概就是佛教所说的"开悟"。

本书出版后极受欢迎，读者们口口相传，报纸杂志争相报道，一版再版。

我原本还担心没人读，卖不动，一度想过自费出版，最后还是参着胆子在一家地方出版社试了试。

没想到出版后一炮而红，事态发展超乎想象，几乎令我无法"从容地活下去"，因为我完全陷入了亢奋状态。

凭我对自己的了解，一旦这种躁动不安的亢奋状态过后，接踵而来的必无什么好事，经常会是走向反面极端，接下来便会忧郁一段时间。《入殓师》一书在读者中引起反响，说明我写的东西得到了认可，这是好事，应该高兴才对。可不知道为什么，我心中隐隐不安，总担心会有什么不好的事情随之而来。

我记得曾经为了获得人们的认可，一门心思埋头爬格子。

我也记得饱受挫折、绝望之余，徘徊于空茫的街头自暴自弃。这些犹如底片，记录下我想获得世人认可的心情。

然而，我今天获得了这么多人的认可却高兴不起来，反而被隐隐的不安困扰，这究竟是为什么？

当初，为了获得人们的认可而拼命努力，换来的只是拖累他人和社会，甚至被亲戚、朋友、妻子嫌弃，更不为社会所容，独自一人蜷曲在无底的深渊。

那时，把我从地狱中救出来的，就是那双眼睛。只有她不折不扣地认可我的工作，在我为死者纳棺时为我拭去额头的汗珠。她那双明眸深处，凝望我时有光闪过。我被一双如此美丽的眼睛认可了，还需要其他任何人的承认吗？从那个让我重拾信心的时刻起，什么金钱、名誉、地位，对我来说，应该都不再重要了才对。

管别人怎么想，我自己想通了就行。这本书也应该是在这种心境下写出来的。

亲鸾在《叹异抄》里说过："细案阿弥陀五劫思惟之愿，诚为亲鸾一人。"

然而我仅仅因自己的书稍获认可就这般不能从容镇定！我的心正如亲鸾所言，"迷失于名利之大山中"，心乱如麻，真是"可耻啊，可痛啊"。

我的书受到了好评,妻子和女儿却并不感兴趣。确切地说,她们只是觉得我莫名其妙。

也难怪,自从结婚以来,妻子跟着我吃尽了苦头,被我搞砸的事数不胜数,我在她心目中简直就没什么信用。

特别是提到文学创作这样的事,她本能的反应就是反对,认为这是破坏我们家庭生活的元凶。当初我沉迷于吟诗弄句,连生活都捉襟见肘,却整天和酒肉朋友混在一起,不知收敛,孩子生下来后连奶粉都买不起。这些糟糕的记忆在妻子心中烙下了难以磨灭的印记。

现在好不容易还清了当年经营小店时欠下的债,一家人总算过上了安稳日子,我又开始瞎折腾了,妻子自然不会给我好脸色看。

前几天,妻子去超市买东西,回来后告诉我,说附近的一位妇女见她就说:"原来您先生干过那种事呀!"看得出妻子很生气,抱怨道:"都怪你出那莫名其妙的书!"

另外,还有人质问她:"你当真对着你先生骂他'肮脏污秽'?"好像在指责她不应该这样说。妻子很恼火。

总而言之,事态的发展超出了想象,我不知所措。

我写这样的日记,甚至出这本书,都不是为了成为作家。也许有人会问,既然不是为了成为作家,那为什么会想到写书呢?其实我自己也不清楚,可能是由于某件莫名其妙的事情,我不知不觉间写了这些东西。

事情还得从五年前说起。

昭和六十二年(1987年)十一月,我遇见一直很尊敬的诗人长谷川龙生先生。可以说,如果我没有遇到这位流浪诗人,就不会有《入殓师》。

那天我们两人在富山市的一家咖啡馆喝咖啡,他忽然像想起了什么一样,拿出纸和笔写起来。两个小时后,他终于写完了,让我帮他传真给某杂志社。他当时笑着对我说,一不小心忘了截稿时间。

我记得当我用公司的传真机发稿子时,简单读了其中一篇，受到很大的冲击。那是一份长达五页的文稿，结尾令我记忆犹新："我认为，诗人的时代即将来临。这里说的诗人不是抒写人类情怀的，而是选择更加深邃的主题，如科学的尽头究竟有什么。面对在大地的尽头发出信号的神秘存在，人类的心如何飘摇游弋……诗人将关注这些问题，他们的时代即将来临！"

这篇文章刊登在杂志《昴》当年的十二月号上，题为《奔向终极核心》，内容是给处于科学进步和社会变革大潮中穷于应付、停滞不前的哲学和宗教敲响警钟，笔调带有讽刺意味。

发完传真，我把底稿带回家，重新阅读了一遍，不知不觉被莫名的冲动侵袭，开始搜寻以前刚开始做纳棺工作时写下的记录苦闷心情的日记。终于在大学时代留下的一堆笔记中找到了这些以凌乱的笔迹写下的日记。

× 月 × 日 阴

初次纳棺。

虽为初次，却运气欠佳，死者是个大块头且尸身严重僵硬。我大汗淋漓，费时两个钟头。很紧张，很累。

× 月 × 日 阴间晴

今天干了三家纳棺的活儿，累死了。

赶到第三家时时间晚了，被一顿臭骂。人们称我为"入殓师",我感觉不畅快,查了《广辞苑》,竟然没有"入殓师"这个词!

×月×日 雪雨

叔父来了。

说我是家族的耻辱,话带侮辱。临走还撂下话来,说如果我不赶紧换工作,就和我断绝关系。

我真想揍他一顿!

妻子也求我辞去这份工作。也许我真应该在孩子入学前辞去这份工作。

然而我始终不解,人们为何如此嫌弃这样的工作。

×月×日 阴有小雪

今天去纳棺的那家请来念经的和尚是一位过去经常到我店里光顾的住持。他好像也认出我来了,但我尽量不与他四目相对。

我为自己干这么卑贱的工作感到羞愤。

这样下去不是个办法。

…………

日记简单地记录下当天发生的事情和感想,有时甚至只写了一句话：今天很累。

后来，日记较少记录当天发生的事情，渐渐变成了抄写自己或别人话语的片段。比如：

有人说，人沐浴死亡之光时，才能看见生命的光辉，其实是在接受死亡之后沐浴着超越生死之光时，方能看见生命的光辉。

当死者正确地感觉到所有存在的根本处的真正实在就是光明本身的时候，就意味着死可以不经过"中有"阶段而直接获得解脱。

——《西藏度亡经》

所谓哲学指的就是把思想外部的无限纳入概念中加以理解的尝试。

——黑格尔

不符合科学的宗教是盲目的，没有宗教的科学是危险的。

——爱因斯坦

绘画的功能就是描绘出人类看不见的世界。

——保罗·克利

总之都是些名言集锦式的随手之作。

然而当我回头读这些日记时才深切地感受到，自己是多么认真地活过来的。不厌其烦，哪怕仅仅写上"今天很累"，经常阅读哲学和宗教方面的书，不停地思考。每天接触死亡，思考固定的命题：何谓死亡，死后的世界又是怎样的？

那时活得如此诚挚，我很怀念那个真挚思考的自己。看着日记，入殓师时代的日子一一浮现在眼前，我不自觉地拿笔写起来。

当时只是受到某种触动而动笔，根本没有要好好写、将来好出书等不纯的动机。

写作的过程，就是让自己重新经历过去的烦恼和痛苦。有几次我甚至扔下笔打算放弃。后来有一天，突然想到亲鸾上人最重要的思想——"两种回向"，像开悟了一般重拾秃笔，一气呵成。

不过这个时候距最初动笔，已经过了五年的光阴。

Yozakura in Rain、1935
吉田博

收到了很多读者来信。

夹在书中的读者信息卡，也回收了几百张。

我看了读者写的感想，发现基本上可以归纳为两种意见。

一种意见是高度评价第一章"雪雨时节"和第二章"死之种种"，认为第三章"光与生命"太死抠道理，不如不收录，最好能再写一些像前两章那样的工作现场体验。另一种意见则截然相反，高度评价了第三章的内容。

持第二种意见的人，恐怕是经常关心死亡问题、死后世界问题和宗教问题的人士，他们对书中出现的佛教用语有基本的了解。

但对我来说，没什么第一章、第二章、第三章的分别。我只是把自己认识并理解的东西记录下来而已，即对"死亡是什么？死后的世界又是什么？"这个命题的理解。

读者来信提得最多的恐怕是感叹我竟能从事与死尸打交道

的工作。

其实有些人在工作中接触过的死尸应该比我多得多。比如有些专业护士，就要经常处理死亡病患。还有那些自父辈以来就从事殡葬工作的人，尤其是长年在火葬场工作的人，几十年下来接触过的死尸不计其数！警察局里经常鉴别死尸、解剖死尸的法医，在医科大学教授解剖学的教授，一生中该仔细凝视过多少具死尸！

问题的关键在于，面对死尸时，着眼点在何处。

把他人的死简简单单地看成一个人的死亡，就能把人的尸体当作物体来处理，就能埋头对人类的头盖骨进行考古研究。

在人类历史上，有过食人族的传闻。在第二次世界大战中，一些流亡的残兵靠吃同伴尸体上的肉勉强活下来。最近还听说，在安第斯山脉，有人靠吃空难丧生者的肉幸存下来。

有些人却不敢面对死亡、死者，只会背过身去，恐惧得浑身发抖。

问题仅仅在于，眼前的死亡、死者在多大程度上真正关系到自己的生死问题。

看了一些读者来信，我十分惭愧。

比如今天接到的来自长崎的五十五岁的读者的来信。

拜启：

我拜读了您的《入殓师》。

我认为此书不是出自凡夫俗子之手，而是亲鸾上人或释迦尊者借您的手把它展现给世人。

本书引用的佛教经典、注释，甚至难解的净土真宗的精髓，都能超脱生硬的概念。您发自感动，用极其易懂的语言传达喜悦给我们。

这是一篇毫不做作的最为纯正的证教！我为了获得这种感动，不知读了多少本书，听过多少次宣教，请教过多少声名显赫的先生。

然而由于不谙佛之善知识，我的努力只能是更加感悟到自己能力有限。如果不是扎根于现实生活,看来是无法解脱,而只能是不停地尝试自我诠释的解脱方式。

在生命科学日渐进步、宇宙物理学迅猛发展的今天,说这本书是诠释"生命"的教科书,应该当之无愧。

这本书告诉我们,跟宇宙时间相比,人生不过一瞬间。而这一瞬却是如此宝贵,如此不可思议。我希望大家都可以来读读这本书。

一般来说,接到死亡宣告的人的传记都是围绕生死的问题而写的。本书的作者却很顽固地执着于"死"这一命题,而且论述得如此客观,赞赏之余令我感到一些畏怖。

总之,您的出现可能就是祖祖辈辈期待已久的妙好人降生了吧!

这位读者想必是位僧职人员,否则真该说他才是一位妙好人。真是对不住了,我这样的人,根本不具备当妙好人的资格。如果有个地缝,我恨不能钻进去。

如果说《入殓师》中,有凭借感动传达给读者的东西,而且正巧是净土真宗的精髓,那也仅仅是我靠自己的感觉理解了亲鸾在《教行信证》中所说的"光颜巍巍"和"两种回向"的解释而已。

荣格引用普韦布洛印第安人的话说:"真正正常的人是不用头脑思考的,只有疯子才用头脑思考,白人用头脑思考。我们印第安人不是这样的。"我那些靠自己的感觉理解的亲鸾的话，和荣格对印第安人的话的理解方法如出一辙。

这位读者的"如果不是扎根于现实生活"这一点提得非常好，堪称亲鸾思想精髓的"两种回向"说，其实是立足于生死一线的真实产生的思想，而不是单纯的观念性思考的产物。

亲鸾在京都六角堂的百日闭关，在关东地方的高烧体验，可能都给了他宝贵的真实体验。

世间所谓的知识分子，只会借用书本上读到的近代思想谈论亲身体验才能获得的智慧，就因为他们总想靠理性去理解这些智慧，才永远无法获得真正的理解。

丹麦思想家克尔凯郭尔说过："存在不能成为思考的对象。"越是把存在作为思考的对象，那些仅仅用于描述实际存在而存在的语言就越发成为抽象的概念。

请我去讲演的人越来越多。

其中最多的邀请来自净土真宗的寺院。由于我书中内容的特点，净土真宗的寺院请我去讲演无可厚非，然而有时还有净土宗和曹洞宗的讲演邀请，甚至偶尔会有日莲宗寺院的邀请。

听众大多数是僧职人士，他们集结往往是为了某次法事。我渐渐意识到自己是在代替僧侣给他们的门徒和信众授课说教。

来听讲演的大多是老年人，也不知是什么原因，听众中七成左右是女性。

前些日子，本县的一处净土真宗寺院请我去讲演。

我走进大讲堂一看，里面已坐满了人。

我讲了一阵后，无意中发现一位坐在最靠近讲台一排的老奶奶，可以说是听众中年纪最大的一位，她不停地拿小手绢拭泪，还不时地双手合十念佛。

讲演的时间是一个半小时，这位老奶奶一直仰视我，不停地拭泪，双手合十，口念阿弥陀佛。

我在不知不觉中竟忘却了台下其他几百个听众，只关注这位老奶奶，直到讲演结束。

收拾好打算离开时，我走到老奶奶面前，跟她打招呼，问她我讲的东西好不好懂。这时候坐在老奶奶身边的七十来岁的妇女告诉我"她耳朵听不见"，说完笑了起来。

周围的人也跟着哄然大笑。

我喋喋不休地讲了一个半小时的生为何物、死为何物，我为这些生硬的道理而羞愧。

我感到净土真宗五百年岁月中教化的成果已经体现在了这位老奶奶身上。

有一次，一些护士聚会，请我去做讲演。

年轻的护士眼睛里闪着光辉，认真地听，我很欣喜。

讲演结束后，还有一点时间，我就问她们："大家有什么问题想问吗？"一位年轻的护士站起来问道："接触僵硬的死尸，您不觉得恶心吗？"

以前我从事纳棺工作时，有一次在医院的太平间为死者入殓。当时一名站在旁边观看的小护士也问了我同样的问题。记得当时我没有直接回答，而是反问："你刚才不是也处理过这具尸体吗？"对方的回答是："可是，刚才他身体还有温度，是柔软的嘛。"

看来，在她们的认识里，同样是尸体，柔软有温度的不可憎，冰冷僵硬的却令人厌恶。所谓死尸指的是那些冰冷僵硬了的。

还记得有一次在一户人家纳棺，当场集聚的死者的亲友反复齐唱"南无妙法莲华经"。那具尸体严重僵硬，特别是手臂部分硬得像木棒，为了让尸体的手臂变软一些，我把双手伸到被子底下，拼命忙活：先揉搓手指使之变软，再反复屈伸手腕部分，苦战良久，终于把双臂拉进寿衣袖子里了。这时候突然有人大喊起来，说："大家快看呀！刚才还那么僵硬呢，我们一齐念经，就变得这么柔软了！"诵经声戛然而止，有人应和道："真的啊！真的呢！我们一念经，尸体就那么软了下来！"所有的人都把目光聚集在我正为死者穿衣的双手上。

我惊呆了。

我从来没像那一刻那样怀疑宗教的作用。那具尸体之所以变软，绝不是那群人齐诵"南无妙法莲华经"的成果。

宗教的笃信者很容易把看到的情况归功于自己信仰的宗教。

动物一旦死去，一段时间后就会变得僵硬，再过一段时间又会变软，最后腐烂。只要看看鱼铺里卖剩下的鱼就会明白这个过程。那么动物死后为什么会僵硬呢？据说这是因为动物死了之后，身体内部会发生化学反应，产生一种化学物质，在这种物质的作用下，肌肉短时间内会僵硬。等这种物质扩散开去后，肌肉会松弛，全身也会再度变软。这些是我从一位在医科大学研究解剖学的教授那里听来的。

信教者容易陷入的误区，就是把超出自己掌握范围的科学知识和不能解释的现象,都推到自己信仰的宗教上。

所以说,即便是笃信宗教的信徒,也有必要经常听听关于科学进步的报告,好更新"善知识"的储备。

早晨打开报纸，上面登载的一幅照片映入眼帘，我刹那间全身震颤！

我颤抖地剪下那幅照片，像被某种力量驱使一般走出家门，奔向照片中展示的会场。那是拍下美国投下原子弹后的广岛、长崎照片的美国海军随军摄影师乔·奥唐奈的摄影展。刚一踏进展厅，那幅照片就映入了眼帘。

我被那照片吸引，对沿途其他照片视而不见，直接走近前去，胸中涌起无限感慨，久久呆立，不能离去。

照片拍的是一个身上背着死去的弟弟的八岁男孩。照片下面有乔·奥唐奈写的说明："这个男孩背着弟弟的尸体来到火葬场。他卸下弟弟小小的尸骸，平放在火葬用的热灰上。男孩直直地站在尸体前，像个小小的士兵，收紧下巴不肯低头看一眼。然而他紧咬下唇的动作将他的心情暴露无遗。火葬结束后，男孩静静转身离开了。"

我读着这段话，泪水顺着脸颊滑落。

当年我把弟弟的尸体放到冒着烟的热石灰上时，也是八岁，和照片上这个男孩年龄相仿。

对我来说，不必再看其他照片展示的悲惨情形，仅此一张足矣。我从背负幼弟尸骸、直立不动的少年挺立的身姿中，读到了战争的悲惨和人类的悲哀。

在回家的路上，我想起了电影《禁忌的游戏》中的女孩，她也是战争的牺牲品。电影讲述的是女孩目睹了父母被机关枪扫射而死，人们又当着她的面掩埋了父母的尸体。女孩随后被寄养在一户人家，她经常邀那家的男孩一起玩埋葬小动物的尸体并在坟前立十字架的游戏。

观看影片时，我一直流泪不止，终场后也不能从座位上站起来。女孩的悲哀和影片的主题曲，几十年来萦绕在我的心头，挥之不去。

据说少年时的经历会给人的一生留下深刻影响。

我选择纳棺工作，被叔父威逼也不肯辞职，恐怕是在我把弟弟的尸体放在火葬场，直挺挺地立在那里，紧咬下嘴唇抬眼望向天空时，看到了格外明澄的光亮的缘故。

人经常干些愚蠢而可悲的事情。

今天就发生了一件可悲的事情。报纸上刊登消息说，曾获得普利策摄影奖的摄影家凯文·卡特自杀了。

他拍摄的照片中，有令人目不忍睹、给人强烈冲击的东西，比如那幅以非洲饥饿为主题，抓拍到蹲伏在地的饥饿女孩以及她背后的秃鹫的照片。

所有看到这幅照片的人差不多都会背过脸去，不忍正视，人们批判摄影师在按下快门之前应该先救那个女孩。

这幅照片吸引了全世界人们的眼球，有一种根源性力量，引起广泛的批判。歌德好像说过，人们一旦看到根源现象赤裸裸地呈现在眼前，就会恐惧不安，宁愿背过脸去。

人们为了从恐惧和不安中解脱出来，就寻找一个对象，毫不留情地攻击。这幅照片的拍摄者，就这样被逼上了绝路。

乌鸦和秃鹫等鸟类拥有比人类灵敏几千倍的嗅觉，从遥远的地方就能早早地感知动物即将死去。人们指责它们的嗅觉能力,有什么意义?!

一边吃着炸鸡块,盖着羽绒被,一边指责秃鹫待食死尸,这就是人道主义者标榜的人类的欲望和自我!

如果不抓住根本原因,就无法解决问题。

那些指责卡特不去拯救即将被秃鹫袭击的女孩的,也许是一些心地善良的人,但他们的指责往往偷换了问题的本质。

金子美铃写过这样的诗:

大丰收

朝霞灿烂
今天丰收
大尾的沙丁鱼
捞上来很多很多

海滩上
热烈如庙会
大海里
成千上万的沙丁鱼
正举行葬礼

——《金子美铃全集》第一卷

那些批判凯文·卡特拍摄《饥饿的苏丹》的人，想必也不忍心读这首诗。

人总是选择避开不喜欢的东西，对自己不利的东西，特别是避开有关生死的根源性问题，这样才能安心活下去。

如果把地球看作一个生命体，我们会看到：有些部位富饶，而有些部位贫困；有些国家食物多得吃不完，而有些国家甚至连秃鹫都很饥饿；有些地方为捕到满舱的鱼而喜庆，有些地方却笼罩在哀悼的悲伤中。

高举漂亮的人道主义大旗的人们，频繁地燃起战火，烧焦蓝色的地球，灼伤少年的双眸。

悲伤在欲望面前闪烁的情形，直到今天也没有改变。

姨妈死了，享年八十二岁。

去年，姨妈唯一的女儿过世后，姨妈就一个人住在东京。前不久，邻居发现她倒在自家大门口，帮她叫了救护车。之后邻居跟我联系，我马上赶了过去。

姨妈住进医院打完点滴，看到我之后说："邻居真是多事，其实不管我让我去了多好。"

姨妈在东京无依无靠，我决定带她回老家住院治疗。这次她倒地不起，大概是因为没吃什么东西。邻居送给她的饭菜，都原封不动地搁在冰箱里。

我意识到，姨妈是在求死。出事前一周，她几乎每天都给我打一通电话，而且都是一大早四五点钟打来，总是问我人在哪里。有时候一开口就问："你在新宿吧？那赶紧到我这儿呀！"我身在富山，每次接到电话总会回答："我过几天就去看您。"但是一直忙于工作，始终没能如约去看望她老人家。

后来我才意识到，那些电话其实是深感寂寞的姨妈向我发出的信号。

姨妈住进我们当地的医院，治疗了一段时间后，基本上能走路了。但是不小心在走廊里摔了一跤后，她就再也没站起来。后来，每当我去医院看她时，她都会问："你干吗去了？"有时候她会突然想起她妹妹，也就是我的母亲，对我说："那个讨厌的家伙来吗？你可别让她来呀。"

姨妈一天天衰弱下去，每天都重复说一些莫名其妙的话。最后几天，我每次去看她，她都会反复地提出："送我回东京的家吧。"我也都顺口答应："好吧，回东京。我明天就去买机票。"姨妈听后开心地笑了。第二天，我再去看她时，陪护的阿姨偷偷凑在我耳边说，姨妈从昨晚就以为自己坐到飞机上了，而且不停地问我在什么地方，阿姨告诉她我坐在后面的位子上。果然，姨妈见我就问："你到哪儿去了？！"我回答："我就在后面的位子上坐着呢。"姨妈好像放心了，对我微笑，容颜是如此安详。

姨妈真的以为自己是坐在飞机上。

我认为姨妈的死很美。

来参加葬礼的人都说,姨妈在独生女儿过世之后就失去了唯一的依靠,在极端的孤独和绝望中死去,很凄凉。但在我眼里,姨妈的死是一种很美的死。

人们评价说,某某人的死孤独而凄凉。这充其量不过是一种活着的人对死的猜测。死者的亲戚好友再多,死去的仅是死者自己。躺在病床上面对死亡的,也仅是死者自己。死亡本来就是一件很孤独的事,再用孤独修饰死亡,就有点奇怪了。

比如十七世纪最伟大的画家伦勃朗的传记中,对画家的死做了如下描述:"居住在犹太人聚居的贫民窟里,没有人认得出他是谁,他最后孤独凄凉地死去。"在画家的晚年,拥有过的显赫名声已经被人淡忘,家财散尽,妻子儿女也早他离世。传记中用"孤独凄凉地死去"形容,可能是想说,画家是在这种境况下迎来了死亡。也就是说,画家迎接死亡时的状态和他人生鼎盛时期相比显得无比凄凉，但不能说死亡本身凄凉。我的意思是，世界上不存在什么"凄凉的死"。

据说古时候生活在冥想和禁欲世界里的修行者中，很多人觉得自己死期将至时都会断食修行。

所谓"断食"就如字面意思，"断绝进食"。一开始进行的是"木食修行"，即断绝进食五谷，只进食树木的果实和根茎，最后进行完全断食修行，只饮草木叶梢上的甘露。

断食修行开始一两周后，身体就会像枯树一般干瘪，称作"枯死（假死）状态"。在这个状态下，眼前会突然出现"光"的世界。

一般把这称作"阿弥陀佛之来迎"现象。

姨妈摔倒在自家门口、被送往医院抢救过来的那天早晨告诉我，她已经一星期没吃东西了。我惊问她何故如此，她微笑着说："我倒是每天都喝抹茶。"

姨妈以前是教茶道的老师。自从昭和三十年（1955年）姨夫去世之后，她把全部精力都投入教授茶道上。

抹茶就是草木之叶的粉末。姨妈靠草木之叶的粉末和热水生活了一周，跟断食修行没什么两样。

当姨妈对我说"邻居真是多事，其实不管我让我去了多好"时，她可能已经悟到自己大限将至了。

我越想，就越这么认为。

Spring Evening at Inokashira Park, 1931
川瀬巳水

森敦的小说《月山》以汤殿山注连寺为背景舞台,画家木下晋为此寺画天井画而出名。我应木下的邀请,决定一访注连寺。

我第一次读《月山》,大约是二十年前的事了。当时正一边做纳棺工作,一边拼命思考人死了会怎样。我为此还真贪婪地读了不少书。月山被认为是人死后要去的他界之山,我一直在脑海中勾画这座山的轮廓。然而,不论我多么努力勾画,月山的形象一直模糊不清。

小说中关于月山有这样一段话:

月山,对于那些想知道它为何被称作月山的人,不以本然面目示之;对于那些想一睹它真面目的人,亦不欲讲述它被称作月山的缘由。

作者刻意渲染月山的幽玄之美，从来没一睹月山姿容的我，脑海中只能模模糊糊地描摹出一座淡墨色山丘的形象。

我脑海里装着这座山模糊不清的轮廓，总是想，什么时候一定要亲自去月山看看。心里老惦记某件事，说不定什么时候就会实现，想想还真是不可思议。

大概是一个月前，我忽然接到木下的电话，他确认了我就是开过咖啡馆的青木后，说：

"你写的《入殓师》，我读过了，真让我大吃一惊呢……不敢相信你就是那个我认识的开咖啡馆的青木啊……啊，对了，我记得当时好像在你的店里白吃白喝了三年却没付过一文钱。我大概该付给你多少钱？"

他说的是三十年前的酒饭钱，我只能笑着回答，欠债已经过了时效。在我那家店，别说欠三年酒饭钱，从开业一直到倒闭都白吃白喝的也大有人在。事实上，到我店里吃喝的主要是喜爱绘画和爱好文学的人士，大家都稀里糊涂的，根本不知道是在吃谁的喝谁的。何况连我这个经营者都带头吃喝，从来没人付钱，也没人想起应该付钱，所以那家店根本谈不上是在做生意。令我觉得不可思议的是小店竟然能撑八个年头。

欠债这种事，即使借出的一方忘记了，背着债的一方好像很难忘记。现在我出书了，那群无心的白吃白喝人士，可能以为我又从实业界做回务虚领域了，他们暗中非常关注我的成功。感觉到这一点，我无比欢愉。

木下二十多年前还是个学画的学生。他在我店里的某个角落和现在成为他夫人的那位密谋私奔的计划后就不见了踪影。当时我也很年轻，印象中木下好像也就二十岁上下。我不知道他这些年都在哪里，怎么过活，但看他那些带有强烈个性的铅笔画，就明白他是稳扎稳打走过来的。他的画让人联想到佛教的修罗界。

我和木下约好了见面的地点。作家森敦提到过，为了防寒，他扯下和纸做的祈祷簿贴在蚊帐上。我想住一住他当初住过的房间。从那个房间的窗户望出去，肯定能看见月山。我开车从富山到鹤冈，与木下会合，一起往汤殿山进发。汤殿山被覆盖在深深的积雪中，通往寺庙的山路却有人清扫。寺庙比我想象的古老很多。到底是供奉着肉身佛的真言密教寺院，一进寺门就感受到一种特别的氛围。

大雪封山的季节很少有人来访，甚是冷清。我们被安排在二楼。因为是接待在这里辛辛苦苦忙了六个月作画的木下，饭菜煞是丰盛。一位独居在寺庙里的和尚还特意陪我们用餐。两位看起来像是从属于本寺檀家的老年妇女，特意从山下的村子过来伺候我们吃喝。不知道为什么，和尚不碰酒杯。来帮忙的妇女很担心，说和尚今天跟往日不同，不喝酒这一举动很反常。和尚于是用筷子指向我这边，说：

"这位施主背负着'背后灵'，我今天不能喝酒。"

妇女问："和尚您看得见灵魂？"

和尚回答："是的。他背着很多。"

我听着他们的对话，大感不妙，感觉好像误入了恐怖异界一般。席间木下基本上没喝什么酒，而我倒满就喝，喝了再倒，连背的灵魂们那一份也都喝了。

第二天一大早，我透过二楼房间窗沿上的冰柱，向月山方向张望，然而除了云层下如水墨画般的雪景，并不见月山的姿影。

应邀去寺院演讲的次数越来越多。

我总是推托不掉,哪里邀请就去哪里讲。这当中,我和僧职人士聊天的机会也多了起来。然而跟他们聊得越多,我就越沮丧。有些人看似是认真踏实地履行僧职,然而深入一聊,便发现差不多都深陷教条主义的观念。

很多僧职人士只学到了游离于生死现场的纯概念的宗教学知识,每当亲临生死现场时就不知所措,渐渐地只能沦为主持葬礼和承办法事的专职僧人。

前几天,朋友的母亲去世了,朋友对我说起了在医院围绕他母亲的死的一幕,我听着就觉得心寒。

事情是这样的:朋友的老母亲病倒了住进医院,可能是感觉到大限将至,老母亲突然提出想听诵经,而且特别提到,想听长年听习惯了的檀那寺住持的诵经。于是朋友就去找护士长谈这件事。一开始对方不答应,后来朋友再三恳求,才商量说可以抽一天时间开个单间病房,在单间里进行的话也许可行。然而在朋友忙着张罗开单间的手续时,这件事传到了医院领导的耳朵里,院方坚决不让僧侣进医院诵经。与此同时,朋友和寺院那边磋商。住持也迟疑不决,一会儿说医院肯定不会答应,一会儿又说过些日子会抽时间去看望这位老人家,总之根本就不热心。朋友老母亲的病情渐渐恶化,朋友为了完成母亲的心愿,灵机一动,准备了一盘诵经的录音带赶到医院。没想到还是太迟了,老母亲已经憾然离世。

我听后只感到大家根本不在乎这是一个老人在世界上最后的愿望,十分残酷无情。老人临死前想听诵经,说明她是个经常到寺庙烧香拜佛的虔诚信徒。僧侣们平时说教时,口口声声说诵经念佛是多么难得,诚心恭信是为死后积阴德等。然而面对老人真正要为自己死后祈福,提出想临终前听听诵经的请求时,寺院方面竟然丝毫不为所动。医院方面说什么请僧侣进入医院不合适,冷酷无情地捏碎了一个老人的临终愿望,其行为也令人不齿!

然而这种事情不是指责一家医院或一位住持就能解决的。

一方面是从来没有全方位零距离地介入生死一线的宗教界现状,另一方面是只承认肉体活着才有价值的尽全力延长病人生命的医疗机构。朋友母亲的这个问题,正是处于这两者夹缝中的根深蒂固的难题。

我想，如果对这个问题置之不理，连一个老人活着时最后的愿望都不能实现，那么最近几年颇受关注的器官移植、脑死亡等问题，怎么可能获得真正的解决？

《入殓师》一书荣获了地方出版文化功劳奖。这个奖由鸟取县今井书店的永井社长发起,在七年前设立,说是只颁发给地方出版社的出版物。

我从来没听说过有这种奖,但听起来像是很实在,于是欣然答应去领奖。

我从富山坐电车到鸟取,整整坐了八个小时。车窗外,北陆、山阴等地秋色绚丽。

我漫不经心地观赏窗外秋景,忽然意识到一种接近原色的黄频繁地映入眼帘。那是一种叫北美一枝黄花的植物群。

印象中日本的秋景,是芒草和芦苇的穗在风中摇曳,透着雪白的光。然而现在我突然发现,这种从美国引进的植物,已经把日本的秋天染成了黄色。

这种草原产于北美洲,据说草根的繁殖力极强,能深入土层,纵横交织,还能分泌出一种不利于其他植物生长的物质,从而迅速地扩大生存势力范围。

对于这种草,我怎么也喜欢不起来。由此我想到一些战后从美国移植并在日本生根发芽的思想和思维方式。

我一路上思考这个问题,不知不觉就到了举办颁奖典礼的礼堂。当我被领到获奖者临时休息室时,发现一位因出版了关于农业方面的书获奖的大学教授也在场。屋里只剩我俩时,我凑过去搭话:

"我往这儿来的时候,一路上看见了很多北美一枝黄花,面积好大呀!"

"啊,那种草呀。"

"我担心过不了几年,全日本都变成黄色的了。"

"哪里,这倒不用担心。"

"是吗?您为什么这么说?"

"这种草繁殖到一定程度,就会被自己分泌的物质毒害,自我中毒,最终自行败灭。这种草在一个地方不能长期生长,是一种挺可怜的植物。"

教授那不动声色的语调给我留下了深刻印象。

前些日子到福野町的教愿寺演讲，当时，教愿寺的住持釜田恒明师父问我想不想遍访韩国寺庙。我答应加入他们的韩国六日游旅行团。

我不善于集体活动，一开始拒绝了釜田师父的邀请。后来，釜田师父告诉我，他今年是第十七次参加这个线路的旅行团，而且打算只要活着，每次都参加。八十三岁的老师父说这句话时，眼睛深处闪过光芒。我被那一闪而过的光芒吸引，决定一起前往。听说釜田师父在日本吞并韩国时期，曾经作为东本愿寺的外派传教僧在韩国住过一段时间。

从到达金浦机场那天起，一个以釜田师父为领队的包含三十四名成员的巡礼团集结而成。这个团在旅行中时时高诵"我当粉身碎骨以报如来大悲之恩德"的恩德赞。

巡礼团参拜第一个寺庙时，当地旅行社指派的李导游认为，大家应该入乡随俗，按韩国仪式行参拜礼，并当众演示韩式的五体投地式拜礼。李导游操着流利的日语现身演示了三遍，可是没有一个人跟着做。站在最前排的釜田师父泰然地双手合十念阿弥陀佛，大家就都学着他做。

韩国的佛教人口约占总人口的百分之三十，这些佛教徒清一色是以释迦牟尼为本尊的禅宗信徒。我们这个每到一个禅宗寺庙都高唱恩德赞的巡礼团看上去很优美且很有威势。

在扶余，我们登上建于峭壁上的皋兰寺，看见白马江水悠悠然从峭壁下流过。传说在百济灭亡时，有三千宫女从此地跳崖投江。

有人告诉我，一千四百年前，佛教就是沿着这条江传到日本的。我面对江水顿时感慨不已。

"佛教传来谢恩碑"建立在城外江边不远处的空地上。碑的背面刻着李方子、田中智学等人的名字。我们一行在碑前齐诵恩德赞时，听到朝王寺敲响的梵钟之音。朝王寺是由釜田师父发愿建造的。钟声飘扬在被晚霞映红的百济古都城，如菩萨大悲咒般悠扬动听。

在从百济开往新罗的长途汽车上，我一直在想："因"字添上个"心"，便成了"恩"字。

在新罗，我们参观了收藏木刻版"八万大藏经"的海印寺，然后参拜了被称为代表新罗佛教建筑最高峰的佛国寺。第二天上午，我们参观了有着释迦牟尼优美石雕坐像的石窟庵，据说此庵建于七五一年。那年应该是大伴家持到越中赴任的一年。我想起《万叶集》中有首歌,大概是能登地方的民歌:"就算珍贵的新罗斧掉进泥泞的熊来川里,也不必难过哭泣……"

通往石窟庵的参道长达三千米,路两旁的树梢上油嫩的绿叶遮天蔽日。我走在釜田师父身后,一边走一边凝视他的背影。

从横柯上蔽的缝隙中漏下来的阳光,忽忽闪闪地照落在行进中的老师父的背上,看上去他老人家就像沐浴在光芒中。那光芒是来自青瓷色的大悲之天空,还是忏悔之回向之光?师父走过时,光影摇曳。

我快走几步赶上去与他并排行走,请教道:

"那个时候已经有真宗的寺院了吗?"

老人回答说:"有。当时建了很多座。"

"我只知道日本战败后,寺院也被拆毁了。那些信徒后来怎么样了?"

"很糟糕。"

老师父笑着回答。他笑得很悲哀。

尽管传教不了了之,这一路走来,我看到很多迎接釜田师父的韩国人的眼神温和而亲切。看得出来,那并不是因为老师父来过十七次而熟稔的亲热,而是一种对老师父本人由衷的信赖。每每看到他们用这种眼神迎接釜田师父,我都深受感动。

十七次巡礼路程上肯定有难以想象的艰辛和痛苦，釜田师父恐怕背负着自己的国家对这个民族犯下的罪业，带着忏悔的回心，依赖如来尊者的慈悲获得救赎……想到此处，我心中激动莫名。

想起老师父说过的那句话——只要我活着就会参加这个活动，我好像理解了这句话的深刻含义。

这是一次绝妙的观光旅行。所谓"观光"旅行，就是为了观看到"光"而不停地走，就像和尚西行和诗人芭蕉，以及那些不知道姓名的朝圣者那样，一直走到生命停息为止。

早上看到电视里关于奥姆真理教的报道，不觉想起几天前中村雄二郎在《朝日新闻》上发表的《人类知抄》一文中引用的歌德的话：

当人们面对根源性现象时，感性的人会躲起来惊叹，理性的人则会把最高贵的东西和最卑俗的东西结合起来，试图认为自己已经弄清了现象的本质。

——歌德《箴言与省察》

事实的确如此，歌德就是了不起。人啊，不管是过了一百年还是两百年，也不论科学获得了如何的进步，总是不记得活用先贤的箴言，不知道吸取教训，而反反复复地犯着同样的错误。

那些闹得整个社会惶惶不安的奥姆真理教的号称精英的干

部，不正如歌德所言，把最高贵的东西和最卑俗的东西结合起来，还自以为是地认为什么都懂了吗？

这种情形不仅限于奥姆教的人，今天的知识分子身上都有这个毛病。

那些号称知识分子的人轻易地拥护奥姆教，就是因为他们把最高贵的东西与最卑俗的东西结合起来，还自以为弄懂了。

他们的共同点是不了解现实，只对古老经典的注释和书面知识进行简单而牵强附会的理解，自以为明白了。

即使对苹果详加分析，能够解释得头头是道，但如果没吃过苹果，就不知道苹果是什么味道；即使知道，也很难用理论表达清楚。然而那些知识分子却自鸣得意地夸口说可以讲清楚。

生和死的问题，就像苹果问题一样，也是要有现场体验才能说清楚。

像麻原那样的诈骗天才，性格中原本就有偏执狂倾向，加上权力等欲望的驱使，断章取义地摘取"娑婆即寂光土"（日莲）、"自己若为佛心，斯世则为佛国"（道元）等佛教用语，牵强附会地解释，还以为自己真的弄懂了。这种人在骗人方面很有才能，轻易摇身一变就成为得道尊师，把一己私欲说成佛祖的本愿，不管干什么坏事都是佛祖的意思，与自己毫无干系。

现在社会中那些在经济至上主义大潮和在偏差值教育熏陶

下成长起来的神经脆弱的年轻人,一旦遇到了麻原这样的人,马上就完蛋了。即使中途醒悟,觉得不对劲,也只会自欺,把最高贵的东西与最卑俗的东西结合起来,装出一副一切了然于心的面孔追随而去。

然而若要追究出现这种邪教的原因,既存宗教也难脱干系。其中最严重的问题就是宗教人士光说不练。圣道门的僧职人员口中讲着"悟道",却不为悟道做任何努力;净土门的僧侣口中讲着"信"阿弥陀佛,心中却根本没有阿弥陀佛的影子。这些僧职人员仅仅在口头上按照教条让别人"信"佛。心中无信,却空言"信",就如心中无爱,却谎称去"爱"一样虚伪。

前些日子到新潟卷町的妙光寺讲演，归途中顺便去了趟出云崎。

说到出云崎，我便想到良宽；说到良宽，我便想象他和村里的孩子一起拍皮球的样子。

晚霞铺天际，春日昼渐长。
良宽化缘去，走至小村庄。
村中有儿童，逢春出相戏。
群集寺门口，相约拍皮球。
良宽发童心，忘却化缘事。
让我加入来，一起玩耍去。
一二三四五六七，
你来唱数我来拍，
我来唱数你来拍。

拍呀唱呀春霞暖，

漫漫春日已黄昏。

这让我想到良宽的为人，心就像浸润在母亲羊水中的婴儿一般，感到暖洋洋的安宁。

文政二年（1819年），以新潟三条为震中发生了大地震。震后良宽给好友山田杜皋写信：

地震造成的困扰真是不小啊！所幸小僧的草庵安然无恙，亲人中也无人伤亡。然而，遇到灾难时，我就想，遇到灾难也没什么不好；要死时，我就想，死也挺好。这可是我逃避灾难的妙法。

这是良宽在发生了死了一千六百零二人的七级大地震时寄给朋友的信。

试想在不久前发生阪神大地震时，哪位僧人能够写出这样的信？

不过，在倡导超越生死的佛教教义中，也有主张原封不动地接受灾难的精神。

据说，耶稣被钉在十字架上，咽下最后一口气之前，曾经大声呼喊：

"主啊，为什么抛弃我？！"

我认为这体现了基督教和佛教的根本差异。

一个是以自然为对象产生的思想,一个是视自然为"自己至然"产生的思想,两者之间存在根本差异。

基督最终复活,以神之爱焕发光辉;佛教自产生那天起,就以慈悲之光照耀斯世。

我在良宽的五合庵前沉吟踟蹰思绪翩翩时,忽然想起前几天在东京出席"生命与死亡学会"(会长为土屋健三郎),来自神户的卜部文麿说了这么一段话:

那次地震后,我家院子里那棵无花果树结的果子比往年多了一倍,柿子树结的果实比往年多了两倍。以前从来没看见过的鸟儿,不知从哪里飞来,啄食汁液饱满的无花果和柿子……地球有时候要进行自我活性化运动。地球是有生命的,时不时会打个喷嚏。(运动过后)地球上的很多生命就会复苏。(这次地震)神户死了很多人,然而大多数是由见识粗浅的人类自己建造的房屋倒塌造成的死亡,自然界的草木花鸟却都欢蹦乱跳,活得好好的。

卜部是"生命与死亡学会"的倡导者之一,和美国的精神科医生库伯勒 - 罗斯女士交流过学术。

我对库伯勒 - 罗斯女士基于病患的死亡临床现场进行的发言深感共鸣。

她说:"我想,神只有一个。然而,在我的国家,能够让人们理解死亡并感到安心的神,只能是基督教的神。"

用几何学方法证明神只有一个的,是十七世纪哲学家斯宾诺莎,他的结论是"神即真理""神即自然""神即爱"。

我也认为宇宙的真理是唯一的,然而我认为,能让我信任的神必是佛教的神。

佛教源于古印度,经中国、朝鲜传入日本。我所在的北陆地区,竟然是佛教在世界上传播的最北端,真让人感到不可思议。亲鸾在越后,道元在越前,日莲在佐渡,他们在北陆各地区把佛教思想发扬光大。对于出生于这样的风土、看着这里的美景长大的人来说,佛教思想浸染了日本北陆地区特有的清香和色彩,飘扬在我们身边吹拂的风中。

如果有人问我:当你的生命临近终结时,会留下什么样的辞世之句?我想,我会像良宽那样回答:

若有人问良宽可有辞世诗
且请回答他:南无阿弥陀佛

Winter Moon over Toyama Plain, 1931
川瀬巳水

后记

《入殓师》是我将昭和四十八年（1973年）进入冠婚葬祭公司后写的日记改编而成的。

因为是日记，没有事先意识到读者的存在，有时候写一两行，有时候随手记录一些无聊的生活琐事。

一进入公司就开始了汤灌、纳棺等特殊工作，我为了让自己的心平静下来，就写了很多关于死亡、死者在我心中引起的情感波澜的日记。

把日记整理成书，是在五年前和诗人长谷川龙生先生交往时，受他启发开始的。

刚开始整理的时候，只想着能让别人读懂就行了。但整理的过程中却遇到了难题：究竟"死"为何物？佛教说的"往生"又是怎么回事？

我几次都想放下不干了，但又想，只要把自己怎样看待自己的"死"这件事弄清楚就行了。这样一想，我感到轻松多了。

就在我写完这部书稿时,读到了正冈子规写在《病床六尺》中的话:"有人认为所谓开悟就是准备好了在任何时候都能从容地去死,这其实是错误的。真正的开悟,是在任何时候、任何情况下都能从容地活着。"我切实地理解了正冈子规所言,于是决定认真地过每一分每一秒。

在本书出版之际,我见到了久未谋面的吉村昭、津村节子贤伉俪,受到他们过高的赞誉,心中感激至极。

另外,对于负责装订、排版的川井昭夫和川井阳子夫妇以及桂书房的胜山敏一等人的通力协作,致以真诚的感谢。

最后,我还要对在我入社之前独自负责纳棺工作、现奥克斯集团奥野博会长的大力栽培深表感谢。

青木新门
平成五年(1993年)二月二十八日

文库版后记

承蒙"文艺春秋"的厚意,要出版此书的文库版,我再次读来,竟觉得有些奇怪。

书名为"日记",却不是日记。既不是自传,也非宗教书,更不是哲学书。试着把它看成纪实文学作品,可又不是那么回事。

身为作者,到这时才发现这一点,也太疏忽了。

司马辽太郎在《空海的风景》一书的后记中写道:

我在撰写此作时,给自己定下一条规矩:一律不使用佛教术语。把某个领域的术语看作符号,并在此前提下撰写文章的做法,是撰写学术论文的那一套,而我,仅仅凭着对人的关心写一部小说,滥用术语只会有害无益。

读了这些话,我深有感触。再翻翻《入殓师》,发现第三章通篇都是佛教术语的堆砌。

我也想趁着出文库版的机会，对第三章进行删改，然而考虑到那些对第三章给予高度评价的读者，再加上自己原本就不是要写成小说，于是决定仅对个别地方加以删改，其他地方保留原样。另外，在自己觉得没有充分讲明白的地方，加上了简单的注解。

《入殓师》一书，最初于一九九三年由富山市郊外的一家小出版社（桂书房）出版发行，问世已有三年。

这三年以来，国内外发生了很多大事。日本国内发生了阪神大地震、奥姆真理教事件，国外也发生了不少以宗教和民族为诱因的战争。

所有这些都是与生死深深相关的事件。在这次出版的《入殓师》中，我加上了一个题目为"写在《入殓师》成书之后"的部分，内容在很大程度上关注了这些事件。

在人类行为中，再也没有比以宗教为幌子挑起战争的行为更加愚蠢和可悲的了。

释尊说过这样的话：

有人认定这个才是真实，才是真如，而其他人却说，这个是虚伪，是虚妄。人们坚持如此不同的理解，展开论争。为什么同为修行者（沙门），却不能统一认识？其实真实仅有一个，不存在第二个真实。因此，知道这个真实的人，是不争的。

——《经集》（原始佛典）

我听说，大江健三郎先生在获得诺贝尔文学奖后，决定暂时休笔一段时间，专心读斯宾诺莎的书，这让我想起一九二一年爱因斯坦获得诺贝尔物理学奖时说过的话。

有一位犹太教徒问爱因斯坦："你相信真神吗？"爱因斯坦回答道："我相信斯宾诺莎说的神。那位神只存在于万物秩序的调和之中。"

斯宾诺莎所说的神，是宇宙的真理。

亲鸾所说的无上佛，也是宇宙的真理。

但他们仅仅说出了真理而已。

没有"信"，便不会有真实。

把宇宙的真理起名为"阿弥陀"并称颂其名号时，真理就变为真实。称颂佛号的人，便能听到内心的"自我"轰然倒塌时的轰响。

我见到了一位倾听过如此轰响的人士。

这个人，在超越地域、血缘、民族、国籍甚至生死壁垒的广阔世界里行走。

他叫高史明。

我在两年前，去富山县冰见的光照寺参加讲演时，经寺院住持富樫的介绍认识了这位先生。虽然是素昧平生，但当时我只见了一眼便泪湿眼眶。只可惜没能与先生说上一句话。

我竟然能得高史明先生为我写一篇解说文，赞誉之高令我深感当之有愧，同时对这不可思议的人生邂逅充满感激。

另外，给文春文库的今村淳先生添了不小的麻烦，再次献上真诚的感谢。

青木新门

平成八年（1996年）初夏

图书在版编目（CIP）数据

入殓师/（日）青木新门著；左汉卿译. -- 北京：北京联合出版公司, 2023.5
 ISBN 978-7-5596-6789-2

Ⅰ.①入… Ⅱ.①青… ②左… Ⅲ.①自传体小说－日本－现代 Ⅳ.① I313.45

中国国家版本馆 CIP 数据核字（2023）第 050461 号

北京市版权局著作权合同登记 图字：01-2023-1047

NOKANFU NIKKI ZOHO KAITEI-BAN by AOKI Shinmon
Copyright © 1996 AOKI Shintaro
All rights reserved.
Original Japanese edition published by Bungeishunju Ltd., Japan in 1996.
Chinese (in simplified character only) translation rights in PRC reserved by Beijing Xiron Culture Group Co., Ltd., under the license granted by AOKI Shintaro, Japan arranged with Bungeishunju Ltd., Japan through BARDON CHINESE CREATIVE AGENCY LIMITED, Hong Kong.

入殓师

作　者：[日] 青木新门
译　者：左汉卿
出 品 人：赵红仕
责任编辑：龚　将

北京联合出版公司出版
（北京市西城区德外大街 83 号楼 9 层　100088）
河北鹏润印刷有限公司印刷　新华书店经销
字数：123 千字　787 毫米 ×1092 毫米 1/32　印张：6.5
2023 年 5 月第 1 版　2023 年 5 月第 1 次印刷
ISBN 978-7-5596-6789-2
定价：54.00 元

版权所有，侵权必究
未经许可，不得以任何方式复制或抄袭本书部分或全部内容
如发现图书质量问题，可联系调换。质量投诉电话：010-82069336